寫作力

只要讀懂題目，
國文作文就能成功得分，
陳嘉英老師的 SUPER 好用寫作法

陳嘉英——編著

推薦序

迷人的意義路標

凌性傑　作家、台北市立建國中學國文科教師

讀書的快樂，理解的快樂

在國語文教學現場，上課時數不足確實是一大窘境。語文的學習需要日積月累，需要下功夫練習才能精熟。不管在哪一個國家，本國語文一定列為國民教育的核心課程。因為，理解與表達的能力，關係到一個國家的人民如何認識自我、如何與他人對話溝通。語言文字不僅是人際溝通的工具，更是我們探索意義世界的關鍵。語文能力之優劣，直接影響到國力。民主社會若要有深刻的對話溝通，必須先讓國民的「聽、說、讀、寫」變得愈來愈優異。想要提升閱讀理解與書寫表達的能力，除了仰賴學校教育，我認為還要有一系列的國民讀本，提供更多自主學習的機會。這就是出版「中文好行」書系的初衷。

在這個書系裡，有美麗的文字風景，也有迷人的意義路標。書系裡的每一本書，可以用作自主學習，也可以作為共同學習討論的讀本。這一套書編選的起點與定位，是提供正道大法，讓國、高中階段的青少年精進語文能力。背後則隱藏著一個更大的心願：希望促進親子共讀，邀請家長們一起參與青少年的學習。同時也希望，這一套簡要易懂的國民讀本，可以讓久別校園的社會人士重溫讀書之樂。讀書的快樂、理解的快樂，將會陪伴著自己面對生活中的煩悶無聊，找到一個美好的意義出口。

擁有學習動能的生命，不會枯竭無趣。透過不斷學習讓生活變得更有趣味，也是我們現代人的重要課題。

回到寫作的本質

二〇一二年十一月中，我參加台北市教育局考察團，赴日本觀摩「學習共同體」授課模式。佐藤學教授推廣「學習共同體」不遺餘力，幾度聆聽他的演講，刺激著我一再反思：教與學的本質究竟是什麼？「學習共同體」主張關注學習行為，強調的實踐理念有：學習是與世界對話、與他人對話、與自我的相遇對話，其中關係與意義不斷地編織發展。

佐藤學教授演講中一再提醒日本的老師：教科書程度難度太低、內容太無聊、無意義的課題充斥，導致孩子喪失學習興趣。學校一定要構築安心的學習環境、構築熱中的學習環境，營造課堂的高潮。要讓學生在課堂上不斷思考，透過單元學習，保持高度的學習興趣。

而所有學習都必須回歸到學科本質，重新探索這個學科的問題意識。以文學學習為例，必須在文學文本中做文學的思考。但在日本出現的窘境是，許多課堂上並沒有文學本質的學習，往往只是在念過課文後，淪為表面膚淺的討論。學生如何與文學作品對話，才是最主要課題。

布魯納（Bruner）的學習鷹架理論（Scaffolding）指出，學習必須經過模仿。模仿意味著透過聆聽、理解，深入思考他人的思考。聆聽促成了知識的內化，會學習的孩子，就是會聆聽的孩子。善用鷹架理論，在學習課題的設計上，可讓學生以他人的思考為自己思考的鷹架踏板，刺激思考力一躍而上。

我認為，陳嘉英老師《寫作力》就是最好的寫作鷹架，提供學習寫作者一個多元思考的機會。在《寫作力》這本書裡，嘉英老師巧妙設計課題，引領讀者一窺寫作之堂奧，而且每一課題都回應了寫作的本質——我們為何而寫？寫給誰看？該怎麼寫？怎樣才能寫得好？

寫作的本質，源於對意義的探求，力圖尋找美好的表達溝通模式。其中需要考慮情境的掌握、分寸的拿捏、結構的完整、字句的精當，以及是否發自最真誠的內心。

寫作力祕技

在「中文好行」的行列裡，《寫作力》是一本兼具理論與實用的好書。嘉英老師深諳寫作之道，藉由她高明又細膩的點撥，寫作不再是一件苦差事，而是一項對話與溝通的意義工程。她將枯燥單調的理論化為有趣的演練，從提問反思與感覺體會出發，帶出寫作的諸多面貌。她所設計的課題難易適中，可以在課堂上實作書寫，也可以在課餘時間自我鍛鍊。

嘉英老師不僅將寫作祕技分享出來，還極為體貼地為莘莘學子整理歷年寫作試題，大大減輕了考試的壓力。《寫作力》一書層次井然，先從提問思考談起，引導學習者如何立意取材才能讓思想更具深度、廣度。接著談文字魔法、感官體驗，往往扣緊生活，充滿了情味。這除了是實用的考試作文祕技，更是人情歷練與思想辯證的彙整。在這個基礎上，嘉英老師告訴我們寫作的內容與方法。更重要的，我們看見了嘉英老師在課堂上的實踐成果。書中收錄了許多青春寫作者的作品，有了這些文章範例，讓我們知道寫作教學不能是一場空談。

二〇〇八年冬天，嘉英老師與我都擔任高二導師。我們合作策劃了一次書信寫作活動，讓建中的男孩與景美的女孩互換書信，主題是「寫給陌生男孩／女孩的祝福」。聖誕前兩周，兩校學生在各自教室裡書寫祝福，然後送交對方班級。在聖誕節當周的班會課，隨機抽號送出信件。那一次，我真正看見了學生為了寫作而快樂，也看見他人的祝福文字竟然可以帶來那麼大的滿足與喜悅。我還記得，那一次為班上準備了整桶的星巴克咖啡與甜點，拆信的時候教室裡一片溫暖和善。然後是熱烈的交談，想要把自己所知道的一切也讓其他人懂得……

這幾年與嘉英老師相聚，總是在閱卷、評審、會議這樣的場合。我也一直期待，能有更多機會與她合作。有一件事，我一直放在心裡，從沒告訴過嘉英老師。我在花蓮任教的時候，參加教師研習時曾聆聽過嘉英老師的作文教學講座。當時覺得，那些精采的內容真該出一本書。不想多年之後，這本書就真的出現在我們眼前了。

感謝她金針度人，提供了最迷人的意義路標。

序

給想像一個支點

去年（二〇一二年）國中基測寫作測驗題目「影響生活的一項發明」，全國約有百分之一點一六的考生、兩千五百多人抱蛋。該年大學指考的作文題目是「我可以終身奉行的一個字」，沒想到竟有五百多位學生是零分。

在紛亂的新聞中這或許只是小小的一粒石子，高分群的榮耀、苦學成功的光環才是社會關注的明星，但我們更痛心的是這些零分背後隱藏的問題。據心測中心及大考中心的說明，零分，並不是文不對題，而是完全沒寫，甚至在作文留下「我不會寫」的字樣。

令人沉痛而訝異的是沒寫作文並非時間不夠，也不是看不懂題目，但他們一個字都沒寫。讓我們不禁思索面對一個關乎前途的大考為什麼選擇棄權？抱持著毫不盡力嘗試的心態，如何因應將來更嚴酷的社會競爭？另一層問題是冰凍三尺非一日之寒，這些學生選擇完全放棄並非今朝之事。高中三年，國中三年，甚至國小六年的學習歷程中，他們因為作文所承受的壓力與無助的徬徨該有多深？「我不會寫」的背後是多麼孤獨的絕望？這過程中難道沒有人發現並給予幫助嗎？

身為國文老師的我們能做什麼？該如何引導學生走出徬徨苦痛的深淵？

楊照《在閱讀的密林中》序中言年少時努力寫作是為了「留下白紙黑字的紀錄，證明自己青春過、理想過、感動過。寫到一個程度才驀然理解：原來寫作的同時可以刺激，甚至逼迫青春、理想與感動，不那麼快從生命舞台上謝幕隱退」，如此觀之，多少學生喪失了這可以吟風弄月自得其樂，藉文字證明自我存在的媒介；可以依恃筆墨停格曾經對抗遺忘，或者以此詮釋對世界觀看的方式！

阿基米德以一個支點，舉起地球，老師也能以有效的方法，透過循序漸進的課程設計、按部就班的推演醞釀、舉一反三的轉化運用、八面玲瓏的觀想延展，讓學生在內容、形式上擁有呼喚靈感的途徑、嘗試技巧的工具。

望著黑板上題目發呆，被引導敘述或點到為止的解說框住的經驗，讓作文成為夢魘，表達的欲望也因此被遏止。作文課，不該以完成文章為唯一目的，審題、取材、結構的構思歷程本身就是目標，也是成果。是以在為期半年「好讀周報」中，試圖透過賞讀名家作品，觀摩表現手法、由簡而繁的發想、從片段到成篇的層次，激發學生連結所學所見的素材，碰撞創意，萃取觀點。

此書之所以能成，必須感謝《聯合報》康主編與秀鳳的邀約、性傑促成麥田出版。期待每一位翻開這本書的人都能因而享受書寫的快樂，藉文字雕塑身影，釋放想法，也在凝視的眼光與感受裡看見自己無限的可能！

再版序

只要心裡想，就能寫出好文章

你曾數過自小三到高三這十年中，上了多少堂作文課？哪些題目讓你有酣暢淋漓的痛快感？哪些文章又讓痛得生不如死？歸納你得到老師評語的共同點是？你曾經有那麼一刻享受寫作嗎？你曾因為學校的作文經驗而喜歡上寫作嗎？有多少比例的同學因為考試而養成書寫的習慣？

面對會考作文零分人數、大考C級分的統計，無論是老師、學生、家長都在滴血。

有人算過作文課的成本嗎？

時間＋精神＋信心＋興趣＋補習費的結果是耗損？還是增能？

除卻少數天賦異稟，下筆有江郎之才者，每個人心頭的這筆帳可非簡單的加減能算得清！

愛因斯坦說；「只要心裡有玫瑰，就開了玫瑰花。」是否可以換成只要心裡有話說，就能以文字寫出一段話，一篇文章。是不是因為第一篇作文被評了分，被紅筆刪成滿江紅，所以剛抽出的芽變枯萎了；是不是老師念誦的文章太好了，所以宣判奇思幻想是狼狽的失序？是不是望題生出的一絲想法，只因沒有依憑的竹竿，所以無法和捷克魔豆那樣往高處去？

這時候，如果有個老師在孩子會寫注音符號，會寫幾個字，開始造詞、寫句子時，讓他們在沒有格子的白色簿子上，邊畫邊寫下進小學的每一天，譬如今天的天氣、剛才的畫圖課、校園遇見的一隻螞蟻、昨晚的月亮、更早以前去公園放風箏，或是「我會做家事」之類的日常紀錄，而暫且放下關乎作文的規矩，是否會讓作文的距離不會那麼遙遠？以致在未來的無數夜裡，傷口越扯越難以癒合？

這時候，如果有本像哈利波特魔法書，清楚地寫出一則則咒語的信息，只要跟著做，就能讓想法開成一棵開花的樹；只要常常練習，就能聞懂天光雲影的心情，捕捉到土地人情的脈動；只要在一關關破解的挑戰之後，便會聽見靈魂的歡呼，練就點石成金的法力。

《寫作力》這本書竟然已經十歲了。初時因《聯合報》「好讀周報」而寫，麥田出版社集結成書後，幸運地收到無數同學、家長、老師的回饋，許多學校選擇為班級共讀書籍。這與此刻的改版，同是鼓勵，期許，更是鞭策。

十年的教育現場隨著新課綱而掀起巨大的教育改革，多元的課程版圖，講求跨領域的整合，重視探究實作以形成素養。是以改版中，加入反映在寫作趨勢的「自我生命反思」與「現代社會與未來科技的觀察與思考」兩大命題方向。

當作文題從日常生活，提升至生活習慣，意味著在觀察力、感受力、組織力的基本功之上，更有賴思考力，如學校是否該禁止含糖飲料、使用電腦是否有助於對認知學習等價值判斷。這些對生命經驗中得與失的闡述，讓寫作在情意的涵蘊上，疊加厚實的知性為基底，如一〇〇年〈我在成長中逐漸明白的一件事〉、一〇二年〈來不及〉、一〇五年〈從陌生到熟悉〉、一一〇年〈未成功的物品展覽會〉，明顯地拓展寫作的視角，轉向更深層的關照。

在無國界的當下，察覺問題，思考解決之道，培養未來的競爭力是教育目標，因此作文題貼近現實議題，期待學生覺察所處社會的狀態，如國中會考一〇一年〈影響生活的一項發明〉、一〇三年〈面對未來，我應該具備的能力〉、一〇六年〈在這樣的傳統習俗裡，我看見〉、一〇七年〈我們這個世代〉、一〇八年〈青銀共居〉、一〇九年〈我想開設一家這樣的店〉，統測一〇六年〈關於物美價廉，我的看法是……〉等，將寫作的題材、學生思考面從個人推向社會未來趨勢與責任。

無論是偏向描述生活經驗與想像的情意書寫，或是具討論性的議題書寫，都離不開《寫作力》所構建的圖景，期待隨著每個章節的設計，能開啟一扇扇感動自己的窗，照射出想法的光。

目次

TAKE 3

立意取材

TAKE 4

斐然成章

TAKE 5

追根究柢

TAKE 6

推陳出新

寫作力

TAKE

1

感官獨奏

非常好色
讓文彩斑斕的五顏六色

色彩，把世界變彩色了

張曉風在〈春之懷古〉這篇文章以這樣的畫面寫冬去春來的歡愉：

春天必然曾經是這樣的：從綠意內斂的山頭，一把雪再也撐不住了，噗嗤的一聲，將冷臉笑成花面，一首澌澌然的歌便從雲端唱到山麓，從山麓唱到低低的荒村，唱入籬落，唱入一隻小鴨的黃蹼，唱入軟溶溶的春泥——軟如一床新翻的棉被的春泥。

春天的必然，春天的曾經，肯定歲歲年年春天不變的絕對。從山頭到山麓，從荒村到軟泥，空間形成的畫面裡，以歌帶出春天輕快的生機，活潑的氣息。台北的春料峭溼寒，但陽明山的櫻花紅了山徑，竹子湖的海芋以乾淨無聲的白吸納霧的靈氣，成為山的隱士。偶爾放晴的春，天氣很南歐，陽光亮得像地中海的顏色，透明澄淨。空氣裡飄著屬於春天獨有的生氣，見到爆裂一樹的杜鵑，蠢蠢欲動的春心，到草坪上讀天看雲賞花的衝動，豈是肅穆的課堂所能壓得住的？

「陽春召我以煙景，大塊假我以文章」，你怎麼能不以字為彩，以心為筆，寫下生活裡的美好事物？

春天最迷人的是色彩，莫內的畫醉人之處也在色彩，文句上若想形成生動鮮活的畫面，最基本而容易的方法便是以顏色把世界由黑白變成彩色，如此，筆下展現的景觀人物，或是飲食感情都將更有看頭。

名家便利貼

色彩，把文章都變美了

蔣勳說：「人類五種感官的活動，構成了美學。」透過下列作家的描述，可以看見顏色所鋪陳出豐沛燦爛的美：

> 太陽正在下沉。一陣暴雨，一陣雷聲，不帶雷光，剛剛在我們廣闊的平原上落過。屋前的花園受了落日的光輝和雨水的氾濫，燃似地閃著紅光，而且瀰漫著水氣。

屠格涅夫散文詩以尋常的「紅光」捕捉落

日，但「燃」字將太陽餘韻渲染出的色彩熱烈地凸顯出來，「閃」字則點亮水氣反射的光澤，讓看似簡單的紅，有了鮮豔而富變化的色調。

一把綠色小傘是一頂荷蓋
紅色朝暾　黑色晚雲
各種顏色的傘是載花的樹
而且能夠行走

蓉子〈傘〉這首詩將綠色小傘比擬為荷蓋，紅色的傘如朝暾，黑色似晚雲，最後以「各種顏色的傘是載花的樹」收束。顏色讓傘彷彿是一朵朵花，一棵棵隨著人的腳步行走的樹，而「頂」字既是傘的單位詞，更是將傘撐開頂在頭上的狀態，使得畫面洋溢著一種童趣詩韻。

在所有瓜瓞綿綿的同類中，它也是最美麗的一族。那種剖開來時，碧沉與朱紅，或是碧沉與金黃的鮮活對比，都是其他一清二白的遠親所不能望其項背的。

夏天吃西瓜是金聖歎不亦快哉之一，陳幸蕙〈碧沉西瓜〉裡，藉「碧沉」、「朱紅」、「金黃」的燦美對比出「一清二白」的單調，深刻地顯現剖開的西瓜甜美多汁的鮮麗，落實它是瓜類之最美一族。在敘述結構上，作者以讚美西瓜最美麗為起筆，顏色的鮮活對比是說明，最後以其他瓜類無可比之總結，短短數語之間，環環相扣，使得文意集中，敘述乾淨而俐落。

中央山脈層巒疊嶂，最外層造林局整理得最好的柚木埋遍了整面山谷，嫩綠而透明，呈著水彩畫的鮮豔顏色；次層是塗抹得最均勻的，鬱鬱蒼蒼的一片深青；最裡層高峰屹立，籠著紫色嵐氣，彷彿仙人穿在身上的道袍，峰頂裹在重重煙靄中，看上去莊嚴，縹緲而且空靈。

天空清藍淨潔，恍如一匹未經漿洗過的丹士林布。太陽剛剛升出一竹竿高。一朵白雲在前面徘徊著。東南一角更湧起幾柱白中透點淺灰的雲朵。

鍾理和〈做田〉這段文章，以「最外層」、「次層」、「最裡層」形成遠、中、近的空間感，並以「嫩綠而透明」、「鬱鬱蒼蒼的一片深青」、「籠著紫色嵐氣」為這三層山景渲染出由明朗到濃密以至淡雅的畫面。

這種層遞的寫景方式，能帶出空間流動感，如王維在攝取景物時往往能兼及構圖和布局、處理景物從大小遠近從屬地位，更進一步地顧及動靜變化，以動與靜、明與暗的相互滲透：

空山新雨後，天氣晚來秋。
明月松間照，清泉石上流。
竹喧歸浣女，蓮動下漁舟。
隨意春芳歇，王孫自可留。

（王維．山居秋暝）

細膩的筆觸，勾畫月照、泉流、竹喧、蓮動等許多富有特徵性的事物，獻給讀者一幅清新秀麗、優美和諧的秋雨之後的山色圖。

在色彩的運用上，除卻山的漸層色澤，「天空清藍淨潔」、「一朵白雲在前面徘徊著」、「湧起幾柱白中透點淺灰的雲朵」，這些簡單而樸素的顏色烘托出鄉間平靜的心情、閒淡的生活，與白居易〈憶江南〉「日出江花紅勝火，春來江水綠如藍」，熱鬧而歡愉活潑的景致形成不同的風情。

奇異材料庫

色彩，把形容變生動了

打開水彩盒，必然曾為那炫麗而具獨特個性的色彩而驚訝歡喜：從淺到深、由淡而濃，自俏皮的黃、柔媚的粉紫漸次為典雅的紅藍，繼而是沉穩的灰褐，最後是冷靜緘默的黑。但這一管管顏料，仍必須等待巧手妙思的調配，才得以如破蛹的蝶，飛出情感，似解咒的精靈，潑濺生趣。

首先，在明暗中衍生出顏色的變化，以紅色為例，便可分出淡紅、大紅、鮮紅、豔紅、嫣紅、彤紅、緋紅、深紅、濃紅、絳紅……等似五花紙般美麗的紅。

其次，與其他顏色混合，霎時間，粉紅、橘紅、紫紅、暗紅；黃綠、藍紫、灰藍、黃褐……色色迷人而散發氣質。

接著，放眼自然捕捉顏色：杜鵑花紅、桃紅、杏花紅、櫻花紅、草莓紅、玫瑰紅、西瓜紅、李子紅、馬纓丹紅、夾竹桃紅、羊蹄甲紅、木棉花紅、紫薇紅、炮仗花紅；柳綠、湖綠、薄荷綠、青蛙綠、青苔綠、芒果綠、草綠、橄欖綠；竹青、天藍、海藍；蛋黃、鵝黃、蛋黃、油菜花黃、鳳梨黃、檸檬黃、向日葵黃、橘黃、劍蘭黃、薑汁黃、芒果黃、榴槤黃、香蕉黃、蒲公英黃、陽光黃；百合白、月白、雪白、雲白、蛋白、象牙白、海芋白、李花白、茶花白、梔子花白、珍珠白、蝴蝶蘭白；薰衣草紫、葡萄紫、牽牛花紫……光憑這些簡單的顏色，便可以表現多樣的視野。如果再向生活中所見事物聯想，便輕易收集到鐵灰、銀白、婚紗白、銅綠、血紅、春聯紅、小叮噹藍……

最後，讓這些顏色帶著情緒、色澤與姿態，

如柔軟的黃、明媚的黃、油亮亮的黃、閃爍的黃、耀眼的黃、旖旎的黃、庸俗的黃、富貴的黃、年輕的黃、亮麗的黃、嬌嫩的黃、油膩的粟黃、享受極速快感的野黃、跳街舞的嫩黃、僵硬的黃、快樂的黃、寂寞的黃、安靜的黃、幽默風趣的黃、明朗的黃、輕快的黃、飛揚的黃、開心的黃、猖狂的黃、放縱的黃、驕傲的黃、得意的黃、天真的黃、童心未泯的黃……

看見這麼豐富而多變化的顏色，你是否覺得自己的眼睛亮了，感覺醒了，世界也變得目眩神迷了？科學家認為我們的視網膜可以分析兩千種不同的色彩，但我們的眼睛看到的色彩其實並不多，而我們的筆下所書寫出的顏色更微乎其微，以致景物無情，人事無趣，無怪乎法國羅丹要說：「美是到處都有的，對於我們的眼睛，不是缺少美，而是缺少發現。」

創新望遠鏡

色彩，把畫面變豐富了

有了上一階段對顏色的開發歷程，如仙女棒輕輕一揮，周遭平凡的一切頓時因渲染多樣色彩，呈現出詩一般的畫面，如紅紫的葡萄酒、藍綠的風、釉綠的青春、銀白色的歲月、橘紅色的秋季風華、靛藍調的水族箱、黃綠的寂寞、暗紅的歷史、灰藍的憂鬱、嫩綠的民歌、彤紅的搖滾、深藍的爵士、淨白的佛語呢喃、慘綠的失戀、炙紅的衝動、灰的飄零、藍綠的民俗、粉紫的水晶……

文字工作坊

色彩，看同學如何運用

當我們能培養感官豐富的感受，或許便能如英國詩人布萊克所說：「在一粒沙中，我看到世界；在一朵花中，我看到天堂。」而筆下的文字無論寫物敘景，都會洋溢生意，處處見美的感動：

這株老樹在春天時展現的是含飴弄孫的紅——他的四周總是圍繞著粉紅的杜鵑，遠遠看過去就像一片軟綿綿的絨布毯，點綴著青澀的綠、鮮明的黃、不得志的紫、天空的藍……，那是由不知名的花花草草合力拼湊而成的一幅刺繡。到了夏天，老榕樹呈現的是生意盎然的綠，讓人聯想到唐朝詩人孟浩然〈過故人莊〉裡，由青綠、深綠、蘋果綠、湖綠堆砌而成的層巒疊嶂。陽光耀眼的黃爭先恐後地搶著穿過葉片狹小的縫隙，老榕樹的綠色大草帽像撒上了金粉般，金燦燦的亮在我心底。

（景美女中．鍾嘉芸）

我默默的站在木柵線捷運車廂裡，靜靜地觀察乘客：對面坐著一個身材苗條的女性，戴著暗紫色的墨鏡對著鏡子補妝，我心裡忍不住猜測她要去哪？約會？跟誰約會？在哪裡約會？她的身分是？在這麼胡思之際彷彿小說的雛形已然而生。旁邊坐著一家外國人，父母帶著三個可愛的小女兒，一家五口都有著翠綠色的深邃雙瞳。小女兒坐在媽媽的腿上輕輕哼歌，淡褐色的長髮在陽光的照耀下閃出一絲絲金黃。就在此時，一個斜倚在透明壓克力板上，鑽研捷運路線圖的男人引起我的注意，他將布滿鬍渣的臉縮在寬大的灰藍色貝雷帽下，大大的白色全罩式耳機如同裝飾般掛在脖子上，單腳踩著莫名其妙的節奏。他？是雅痞流浪客？還是旅行尋找靈感的作家？或是與我一樣，去一個想去的地方？

（景美女中．孔思雯）

心中的疑惑促使我小心翼翼地走了過去，因為看他那樣專注，我不敢嚇到他，而用極輕、極輕的腳步……

「就是現在！」他倏地大吼，嚇得我站在原地，卻又為他下一步的動作情不自禁的被吸引。他手中的炭筆就這樣快速地在畫布上揮舞。大筆刷過了大片空白，迅速、卻不滯凝，簡簡單單的線條勾勒出風景面貌，爾後，便直接上了那彩色的光；他先用較粗的畫筆、沾了灰色顏料後隨即在畫布上鋪上基底，沒有過多的潤飾，下一秒又握住了一旁沾著藍色顏料的另一枝畫筆，眼神只稍稍瞥向了他所要畫的風景，便將那一秒進了他腦海的圖像畫了出來，迅速、而毫不猶豫。那樣的一心一意；霧茫茫的晨曦在他臉上躍動，或明、或暗、忽左、忽右。我就那樣看著他一筆筆替畫布揮灑出眼前的美景。

青灰色的畫筆在畫布上抹了幾筆，但他似乎十分不滿意。只見他往紫色顏料上點了點，又調上了藍色，之後，還凝望著遠方沉思，像是要把那光的顏色，徹底烙進腦子一般。

他的手又開始在畫布上舞動——我會稱之為「舞動」，因為他不曾為了修飾那幅畫而停下；無論是小心翼翼得修整邊線或像一般畫家一樣嚴肅、一筆一筆十分講究，彷彿他若只注意同一個地方，他所有的記憶和捕捉的光將在瞬間自畫布邊緣溜走。

帶著一抹橙色波光的紅日冉冉升起，顏色也映在微微發亮的天空，淡淡的橘紅色晨光籠罩整個霧氣交融的海口；近景有三艘小船漂蕩在映射日出及深藍色倒影的海平面上，極為夢幻而又隱隱約約。

他是那樣專注，讓人不敢隨意打擾。

東方的日出早已高過了遠方的遮掩，熹微的陽光傾斜而下。他似乎又著急了一點，畫筆加快、毫無阻礙在畫布畫下前一秒他所捕捉到的一切。淡紫、微紅、藍灰、橙黃等光色在他的揮筆之下交錯滲透，不同色系的顏料竟能如此和諧調和，忠實反映出眼前所見的光。

最後一筆，日出終於完成。看著他滿意地打量自己的這幅畫，我心中也同時存在著驚歎和愕然……「這麼說來，眼前這位不就是鼎鼎大名的『莫內』了嗎？」我發現自己竟穿越到印象派興起的時代。

不僅是這幅日出，我甚至也看得到莫內之後、一幅幅曠世鉅作的作畫過程。

車站裡煙霧瀰漫的〈聖．拉札爾車站〉，灰撲撲的煙霧在莫內的筆下，還看得出隱藏在煙裡的幽微光芒；〈乾草堆〉，莫內最有名的「捕光」畫作；晚年的〈睡蓮池〉，更是充滿西洋風的自然與日式畫風的唯美；甚至還有他更早以前的〈布吉瓦之橋〉。誠如張曉風所說，那樣灰藍灼白、幽柔浮動的光，令人傾心。

（景美女中．張凱茹）

貼心小叮嚀

色彩，讓文章更有魔力

視覺是人類對外界認識最直接也最重要的方式，而顏色所吐納的彩繪、所召喚的情思、所承載的文化都讓「色」這塊版圖沾染無限風情，在書寫時，顏色所泛起的光燦也是最鮮明最深刻的勾勒焦點。朱自清在評散文時強調文中有畫，特別是記敘文與抒情文中，以五顏六色呈現視覺印象，不僅讓每一樣東西有迷人的外表，更鮮活了構圖與內心的交感，而達到渲染的效果，文句也因此淬鍊，展現出視覺魔力。

在國中基測考題中：**「一張舊照片」**（試作題）、**「夏天最棒的享受」**（96-1）、**「那一刻，真美」**（97-1）、**「發現學校的後花園」**（98試作題）、**「我想開設一家這樣的店」**（109），聯合報作文大賽題〈色彩狂想曲〉、〈一幅畫〉、大學學測**「人間愉快」**（102）、**「季節的感思」**（107），以上都可以運用顏色增添文彩。

繪聲繪韻
點活世界的瑰麗頻率

聲音，無所不在

四月之末，蟋蟀開始唱歌了；最初是生疏而害羞的獨唱，不久就成了交響樂，大地都為牠們而歡動。我覺得牠們是春季裡的唱詩班之首，在我們的荒地上，百里香和薰衣草快樂地綻放著，雲雀像火箭般飛起，放開喉嚨高歌，從天空中向大地散布牠甜美的歌聲。蟋蟀在地面和雲雀唱和，牠們的歌聲單調自然，卻也適合萬物復甦的單純喜悅，也是萌芽的種子與新生的嫩葉所了解的生命頌歌。在這二重唱裡，蟋蟀是優勝者，牠的曲目與不停歇的音符，令牠當之無愧。滿地灰藍色的薰衣草在陽光前搖晃，即使雲雀停止歡唱，還是可以聽到這些純樸的歌手莊嚴的讚美之歌。

（法布爾・蟋蟀）

這段敘述出自與昆蟲共舞三十年的法布爾之筆，他被劇作家羅斯丹形容「像哲學家一般地思，像美術家一般地看，像文學家一般地寫」。我們可以藉由他的描繪，學習如何展開聲音所鋪陳的景象與狀態。

第一句話點出季節與上場的主角——蟋蟀，接著承「唱歌」兩字寫聲音的變化，由「最初到不久」，從「獨唱到交響樂」，最後總收「大地都為牠們而歡動」。這樣的描述方式，使得段首具有提綱挈領的作用，不僅在一段話中呈現起承轉合的結構，也使文章開頭有總說的標誌，讓讀者對蟋蟀聲音何以令大地歡動感到好奇。

延續歌唱的是雲雀甜美的高歌、蟋蟀相應的音韻，作者表面上說合鳴之音「單調自然」，實則深刻地把聲音提升到更高的層次，那是「萬物復甦的單純喜悅，也是萌芽的種子與新生的嫩葉所了解的生命頌歌」，使得這純樸的歌聲成為莊嚴的讚美之歌，無怪乎是「春季裡的唱詩班之首」。

大自然的聲音無所不在，人間樂音、聲腔與樂器調弄出的各式曲子也隨處可聞，隨身聽、MP3、電視、音響、電影、喇叭隨時傳送出音聲音語，它必然曾撞擊你的心，喚起你的記憶，形塑生活的享受。

名家便利貼

聲音，有畫面又留餘韻

有道是「眼觀四方，耳聽八方」，以心聆聽、冥想周遭的聲音，將會發現聲音是有線條的，是有獨特的色塊與圖案，散發豐富的情感：

> 今夜的雨裡充滿了鬼魂。溼漓漓，陰沉沉，黑森森，冷冷清清，慘慘悽悽切切。

在〈鬼雨〉一文中，作家余光中以一連串疊字形容雨，從觸覺到視覺，從狀態到顏色、從畫面到情感，層層描繪渲染綿綿夜雨，既有畫面又留餘韻。

琦君〈下雨天，真好〉以父親吟詩的聲音穿梭昔今，寄予無限懷念之情：

> 我在書櫥中抽一本白香山詩，學著父親的音調放聲吟誦。——他提高聲音吟詩，使我一路聽著他的詩聲音，不會感到冷清。可是他的病一天天沉重了，在淅瀝的風雨中，他吟詩的聲音愈來愈低，我終於聽不見了，永遠聽不見了。

簡媜在〈發燒夜〉中除了著墨夜市裡的吃喝玩樂情景，並將如洪水漫漶成災的叫賣聲巧妙地穿插在文章中：「跳樓大拍賣」、「三斤一百塊，要買要快」、「血本無歸、買一送一」、「老闆跑路啦！統統一百五啦！」、「又包了，謝謝啦！」俏皮激昂的聲音寫出庶民生活的真實面貌。而別具一格的梳理各攤位食物，及穿插於括號的小販對話，有如實況轉播，不僅真切地顯現夜市引誘人潮，聚合錢潮的魅惑，更強化生動逼真的臨場感，讓我們在喧鬧的夜市中，看到台灣生龍活虎的經濟奇蹟：

燈泡亮了，攤位雲集，人頭攢動，街道短巷搖身變成嘶吼流行歌的都市遊龍。我們開始摩拳擦掌、交融汗水，拍賣台北的今夜。

你不妨先來一盤炒米粉、貢丸湯填飽肚子（看這裡啦！看這裡啦！看得到便宜得到！），再吞一碗檸檬愛玉、吸幾口小麥草汁降降火氣（老闆跑路啦！統統一百五啦！），你精神亢奮、腳力生猛（又包啦，謝謝啦！），往人多的地方擠（看破紅塵欲轉來飼豬，出價就賣啦！），朝慘痛叫賣的貨攤去（要買要快！要買要快！），你千萬別被吹哨子、敲臉盆、搬凳子插在路中央、手執擴音喇叭像趕殭屍一樣的喊賣伎倆煽得慾火焚身，他們個個是身懷絕技的夜市乩童，能把死人叫活。

奇異材料庫

聲音，讓萬物充滿情感

萬籟有聲。地鳴、天震、風動、浪驚、雨喧、草翻、樂鳴、人歌、器聲、蝶舞……，乃至聽似無音卻有聲的花開雲散。如果能靜心凝神傾聽，便能聽見、看見、聞見、摸見、窺見、探見、知見，感覺聲音的存在。

召喚聲音的動作

＊觸碰、彈奏、捶打、滾動、擲落、搖晃、挑逗、撥弄、揮舞、拍擊。

　聲音是抽象的，首先必須借助狀聲詞來摹擬，但若要讓他人感同身受則賴具體可見的畫面，使聲音「形象化」。

聲音狀態的形容

＊水聲：河水淙淙、小溪潺潺、滴滴答答的小雨、嘩啦嘩啦的傾盆大雨、涓涓清澈流水

＊語聲：嘶啞、磁性、高亢叫囂、喃喃自語、喋喋不休、竊竊私語、尖叫哀號

＊鳥聲：啞啞、啾啾、啁啾、吱吱喳喳、似老人乾咳的烏鴉聲、柔軟細嫩的黃鶯唱

＊風聲：咻咻、颼颼、蕭蕭、低吟、震窗剎剎聲如玻璃碎了一地、山崩地裂般的咆哮

＊樂器：咚咚鼓聲、匡匡鑼響、鑼鼓喧天、胡琴伊啞、輕快雀躍的鋼琴聲

聲音感情的想像

＊手機：情話綿綿的絮語、踢踏舞般噠噠地響著歡樂、被踩了尾巴的貓，咿咿嗚嗚地痛苦呻吟

＊鬧鐘：聒噪的長舌婦、巫師的魔咒、尖銳的女高音猛地拔起、黑白無常，把我從甜蜜溫暖天堂拉進暗夜茫茫的地獄

＊嘻笑聲：甜膩的蜜糖、雲朵的追逐、飛天的七彩泡沫、童年的旋轉木馬、擴散開來的漣漪、一桶水迎面濺潑過來，撒了滿地的銀幣、叮叮噹噹地在寒冬敲撞

創新望遠鏡

聲音，爲場景勾勒新意

影像、聯想畫面場景，或藉排比、譬喻、擬人等方式拼貼成句，也許是短短的語詞，卻如行旅一般，重新開啟了心靈搜尋之旅：

烏鴉嘎嘎的叫聲，彷彿地獄死神的召喚。

夢裡，佛洛伊德敲著竹板快書。

磁性的潺潺流水聲，是夜裡的蕭邦。

風呼呼的吹，像帶著風鈴趕路的隱形人。

災難過後，挖土機是大悲咒反覆的呢喃。

嬰兒的哭聲驚人處如獅吼，溫柔處如小鳥私語。手機裡傳來情人的聲音，像繾綣於水田的一朵雲，悠然靜定。

夏日蛙鳴，忽快忽慢、忽遠忽近，忽強忽弱，是一首錯落有致的樂章。

急促翻書的窸窸窣窣聲，緊張的心跳怦咚怦咚，這是考試會場奏出的緊張交響曲。

潮湧浪去，彷彿達達的馬蹄，夾雜著長鳴的號角和吶喊，奔馳而來。

如鴨子口渴的笑聲、如吹風機咆哮的風聲、如貓狗打架的叫聲、如蜻蜓點水的語聲由窗外一一傳來。

重金屬樂團的主唱，聲音滄桑而狂熱，爵士鼓敲擊聲綿密而清脆，卻使人沉重得無法呼吸。

滋滋的牛排、鏗鏗鏘鏘的鐵板燒、呼嚕呼嚕的鍋燒麵、沙沙的糖炒栗子聲，甜滋味洋溢四周。

以景勾勒出聲音的感覺，讓聲音在想像中開啟創意，撞擊出令人拍案叫絕的新鮮感！

文字工作坊

聲音，從日常生活感受

每天生活在各種聲音裡的你，可曾仔細辨認過聲音？這些聲音出現在什麼時候？這些聲音或呆板平鋪，或慌亂急促，或似繁管急弦，或如清泉石上流，從曾經驗過的記憶，尋找出可以表達這些聲音的情境，往往能在日常生活裡感受到這樣的出神遊蕩：

早晨六點五十分捷運進站，車門像兩塊砧板相撞「篤」地密封。我閉目聆聽，將一天的開始填滿躍動的頻率。隨著車輪金屬色的沉吟，空氣鼓足了胸膛在車廂內奔流，彷彿站在風口時迎面而來的撫摸。拿出英語雜誌想定下心，窗外卻奏起了不安的喘息，漆黑的軌道掠過零零星星的指引燈，彷彿行駛在宇宙間的一輛列車，與數千光年外的星子道別。

車輪聲「唧咿——」尖銳地拖曳，像山洞深處的囚人呼喊，溼冷的回音，緊追著捷運的腳步。加速與減速蹭出火星似雨點，又彷彿與車身平行飛翔的水珠，嘩啦啦刷洗車窗，湊到耳邊時卻從指縫咻地殆盡。若是奔馳在湖畔，車軌相振就像無數蜻蜓點水「踢踢、踏踏」敲擊；若是流竄在山澗中，即是小魚嘟起小嘴「窸窣」啄食；若是沉溺在可樂中，那便是氣泡「嗶波嗶波」爆破的嘉年華慶。

看不見的聲響長了腳，彈跳於金屬門外。幽暗的隧道呼喚我的想像，任思緒流動於心神間。

（景美女中．江采蘋）

貼心小叮嚀

聲音，詮釋角色更傳神

《說文》：「聲生於心，有節於外，謂之音。」聲音像潮汐有各種線條，或輕巧捲曲或沉重梗直，或壓抑低沉或得意飛揚，可以用於詮釋不同角色，不同心情，不同想法，不同的觀點。因此在專注於聲音的意思之餘，也別忘了那隱藏的情思與現象，如：書桌逐漸老去的聲音、眼鏡滑落的聲音、一圈圈安靜的獨白聲、父母親心靈空虛寂寞的聲音、大手牽小手纏綿的聲音……生活中，到處是需要用心去體會感受的美麗。

在基測作文預試題中，「我最喜愛的節日」、「我最喜歡的校園時刻」、「我最快樂的事」、「用餐時分」、「爭吵之後」、「獨處時」、「來不及」（102）、大學學測「獨享」（104）、〈靜夜情懷〉（109）……都可運用聲音，讓所處的情景更活潑寫實，事件的進行更傳神立體！

嘗鮮味趣
流轉於脣間舌上的饗宴

味道，創造出文字的饗宴

有道是：「民以食為天」，是以朝九晚五地工作，為開門七件事而忙，都為了填飽肚子。但人之所以為人，除卻追求飽腹，更為口感與色香之藝術欣賞。特別是中國菜南甜北鹹、東辣西酸各有風情，山蔬海味別具流派，創造出饕餮客口中連連稱美的佳餚，文人雅士流風餘韻與描繪書寫更增添無限滋味，讓人品嘗到味蕾跳躍的興奮，以及透過文字渲染出的歷史典故和情感哲思。

徐國能〈街角的冰淇淋小店〉以亮麗多姿的童趣將冰淇淋誘人的畫面，說成一則則故事：

> 藍色的冰淇淋是有翅膀的小馬，披著花氈帶你到橘色冰淇淋的甜月亮上，紫色的是一枝魔笛，吹奏流水與無花果的歌帶走全村的童年，留

下咖啡色的森林，藏住公主金黃色的長髮，這是冰淇淋的王國，無憂的世界。只可惜誰都無法長留，有如童年一般，穿過街角就長大，再回頭什麼也找不到。所以街角的冰淇淋店有時帶著一種逝去的感傷，在人生匆忙裡無法暫停的一瞬間。

在冰淇淋王國裡，長髮公主不再被巫婆囚禁於高塔，長著翅膀的小馬、可以飛天的花氈以及格林童話中的魔笛都成了化入嘴裡的甜蜜滋味。馳騁想像的童趣、奇幻的故事情節與冰淇淋鮮麗多彩的色澤、香軟冰涼的口感形成奢華的滋味。

作者在描述上運用譬喻與排比的句式，由「藍色的冰淇淋是有翅膀的小馬」、「紫色的是一枝魔笛」，開展出驚喜興奮的世界。但當讀者沉浸於夢幻的情緒時，一句「只可惜誰都無法長留」，便瞬間將雀躍的心情溫度降至冰點，無法自拔的傷痛如一縷絲線，綿綿密密地纏綿心頭。這樣的感覺一如冰淇淋只停留於口中數秒，便乍然消失，而人生終究不是童話故事，美好的事物也總是短暫的，迴蕩於內心的不捨與依戀也似冰淇淋的滋味，想像無法暫停。

一飲一食間無非是文化，如果能從這個角度來看食物，讓食物扮演啟發創意的材料，重新組合過去的許多經驗，運用到寫作上，將會發現新的表達情感方式，也會在每天不可少之的飲食動作中，建立生活品味和對待食物的態度。

名家便利貼

味道，直指人生百樣滋味

味道包含飲食之口腹之味，更可指人生百樣滋味、對事物的感覺、情緒體驗的想法。下列作品或著墨對食物本身的想像，或由飲食抒懷鄉思親之情，或藉茶葉寓事理，這是飲食散文的三個面向，同學可觀摩作家如何運用飲食為媒介，敘述記憶懷想與觀察哲理：

新奇的想像是為沙漠上色的彩筆，在三毛點化下，「粉絲」非但被煮成「粉絲雞湯」、「螞蟻上樹」，做成「合子餅」，還被創意地說成：

是春天下的第一場雨，下在高山上，被一根一根凍住了，山胞紮好了背到山下來一束一束賣了換米酒喝，不容易買到哦。

食物中所留下的感情、所流露出的味道深藏在血液裡，成為記憶的一部分，如鍾文音在《昨日重現——物件和影像的家族史》透過零食寫對鄉土懷念之意、林文月則以做蘿蔔糕寄對母親思念之情：

肥厚的西瓜滲著和落日等紅的汁液，珠珠稻粒在人間的鍋灶間飄著熱氣，炒花生的油滴回了鍋就是胃裡香濃的脂膏，滴上糖漿再切成片就是孩童眼中的零食聖品——這溪水這般迤邐綿延，綿長到我只消待上一天就記得了它的全部。

其實，現時未必要等到過年才能享食蘿蔔糕。在港式茶樓飲茶之際叫點一份，甚至市場上也有家庭式的製品可以買回，何須如此費時費神自己操作呢？日本有諺語云：「おふくろの味」（意即母親的滋味），雖然我已經略微改變了母親所製蘿蔔糕的滋味，但是，我喜歡在年節慶日重複母親往昔的動作，於那動作情景間，回憶某種溫馨難忘的滋味。

（林文月．蘿蔔糕）

民俗是飲食文化的形象表現，年節做糕本是傳統，這段敘述中便藉以為時間背景。作者先以逆筆寫無需費事做蘿蔔糕，接著引日本俗諺將筆意一轉，表明自己做糕其實不是為了口腹之欲，而是在重複母親往昔的動作中，再一次溫習、回味有媽媽的幸福，吃到媽媽親手做蘿蔔糕的溫暖。語雖平易，但轉折之間由實而虛，由做糕的動作到重溫與母親同在的畫面，讓尋常的飲食流露深刻的情感。

日常生活總蘊藏著豐富的人生道理，林清玄在〈珍惜每一片茶葉〉裡，便透過喝茶的人只享受茶香之清冽甘甜，卻未曾想到每一片茶葉的貢獻，這讓你體悟什麼？由此可延伸到什麼樣的發現？

抓一把茶葉丟進壺裡，從壺口流出了金黃色的液體，喝茶的時候我突然想到：這杯茶的每一滴水，是剛剛那一把茶葉中的每一片所釋放出來的。我們喝茶的人，從來不會去分辨每一片茶葉，因此常常忘記一壺茶是由一片一片的茶葉所組成。

奇異材料庫

味道，添油加醋爆發驚喜

有道是：「秀色可餐」，是以描寫食物首先要捕捉斑斕繁複的色彩，以構成視覺饗宴。其次是添油加醋的味道，在品嘗中若能適時地加入烹調的過程、醬料火候，以及師傅煎炒煮炸、烘焙烤炙的動作，從眼睛、牙齒、舌頭到心靈舞動一輪，那麼，眼前美食、口中滋味、心底感動將隨著廚房的魔術與主廚的魔法，爆發出無限驚喜：

＊烹飪的過程：洗、拍、切、剁、刨、攪拌、醃漬

＊料理的方式：煎、煮、炒、爆、燒、蒸、烤、炸、溜、燉、滷、燴、拌、炙、熬煮、悶煮、燴、煨、熏、醃、汆燙

＊調味的品類：糖、油、鹽、酒、醬油、醋、辣椒、花椒、八角、蔥、薑、蒜、麻油、番茄醬、辣椒粉、芝麻、花生粉、玉米粉、酵母菌、奶油、茴香、沙茶醬、干貝醬

＊食物的色味：仙草回甘的深黑色、決明子澄淨的透明咖啡色、洛神花的酸紅色、綠茶雨後清新的翠綠、聞得到稻香的深棕色、枸杞甜美的微橘色、烏龍茶濃郁的暗褐色

＊口味的形容：酸澀、甘甜、微甜、乾苦、猛辣、辣嗆、鹹澀、油膩、如絲線般淡淡的甜

＊口感的狀寫：層次分明、細緻綿密、滑嫩彈牙、濃郁滑潤、飽滿彈性、軟綿酥嫩、香脆爽口、Q滑鮮嫩、清涼滑爽、純淨細膩、溫潤通透、單純自然、稠黏熟爛

創新望遠鏡

味道，使得美食引人遐想

色香味的節奏，讓齒頰留香，謎一般的口感，使得美食引人遐想：

*松露巧克力端莊典雅，簡單中蘊涵極致的口感與樸厚香濃的可可氣息。

*芋香黑糯米濃郁的椰汁奶香，配上香Q彈牙的紫米，熱呼呼的溫暖人心。

*水果蛋糕是快樂的粉蝶，跳著青春甜美的小步舞曲，那姿色讓人目眩神迷。

*香菇蒸蛋純淨滑嫩，口感綿密，就像法式舒芙蕾一樣入口即化，又像軟綿綿的雲朵純淨自然。

*我愛拉麵湯頭的淳厚與滑順，彈牙有勁的麵條吸滿香甜的大骨濃湯，上頭點綴的海苔絲，飄著大海純淨細膩的味道。

文字工作坊

味道，伴隨記憶咀嚼舊事

在廚房這大舞台上，熊熊火焰燃燒成的魔力，透過鍋碗瓢杓傳送出強烈的節奏與光影噴出的線條，濺成麻辣酸鹹的香味，惹得胃裡沉睡的絨毛鼓動不已：

鐵鍋裡，一排排圓圓胖胖的水煎包，正喘著熱氣，沙拉油與麵皮親密的接吻，發出陣陣「喀滋喀滋」的聲音。老闆俐落地用鍋鏟翻面，水煎包底面被炸得金黃酥脆，細緻的皺痕、硬挺的外皮厚實地撐起飽滿感。

韭菜香氣過度濃烈，豬肉餡多有咬勁，但稍嫌油膩，唯獨高麗菜口感清爽散發自然風味，紅蘿蔔細絲拌著耐嚼的豆皮、滑潤的冬粉，不但咬下了一嘴溫暖，更嚼出了菜包原汁原味的好口感。

（景美女中．黃子玲）

魯迅在《朝花夕拾》的引言中說道：「我有一時，曾經屢次憶起兒時在故鄉所吃的蔬果：菱角、羅漢、豆、茭白、香瓜。凡這些都是極其鮮美可口的，都曾是使我思鄉的蠱惑。……他們也許要哄騙我一生，使我時時反顧。」很多事情都可從吃追憶，尤其是食物：

寒風中，那孤獨的身影蜷曲在爐火旁。

過年時節歡娛氣氛散播在全台灣的每一個角落，紅色的春聯布滿了街道巷弄，處處可見「一元復始，萬象更新」，但在那間簡陋的矮平房中，似乎找不到任何新意。

那棟矮平房是我外婆去世前的家，從小到大，那間房子給我的印象就是漆黑陰霾、死氣沉沉。小小的廚櫃裡常常擺著吃不完的剩菜，即使過年也不過是單調的兩三樣素菜和稀飯。我怔怔的望著外婆，看著她蒼老的背影在搖椅上晃來晃去，木炭的餘溫隨著淡淡的氣味瀰漫在屋子中。

外婆從不跟我們多說什麼，只是坐在搖椅上喃喃自語——我甚至懷疑她還記得我嗎？在那一盤盤簡單的飯菜中，我懷想著外婆的青春，懷想著外婆的過去。或許外婆也嘗過大魚大肉的滋味，或許外婆看透了世俗紅塵，或許外婆曾經遭受過重大的打擊。她的晚年就像這些素菜，平淡樸實，回歸原始。

（景美女中・黎育如）

貼心小叮嚀

味道，人情體悟料理美文

正如焦桐所說：「飲食是五感同時進行的審美活動，若想透過文字盡抒胸臆，必然要具備足夠的藝術文化與文學素養。」飲食不只是口感的飽足，更是心理精神上的滿足，譬如吃青菜時想像優游田野中，你看得見菜圃鮮綠活潑的色彩，聽見自然細微的搓揉聲，如此不但呈現出吃之美，也顯現感官之愉悅。那份精采的味道將不只讓你的腸胃甦醒，更在生活記憶裡留下心情的足跡。

基測不乏可從飲食滋味取材的題目，如：**「夏天最享受的事」**（96-1）、**「午餐時分」**、**「我最快樂的事」**（試作題）、聯合報作文大賽題**「味道」**、**「吃糖果時」**，若能藉由中西餐飲色香味的感受、同享美食的人情體悟，定能成為文字廚師，料理出一段段迷人心魂的美文。

觸探氣息
看不見卻無所不在的官能

氣味，憑藉著它跨越時空

觸覺和嗅覺從不像眼睛所倒影的光色那麼多變，也比不上耳畔迴轉的音波那麼強勢，更不如流動於脣間舌上的五味充滿蠱惑。它無聲而無息地與身體相依相附，守候一生，以致我們總忽略與皮膚接觸的情緒變化，遺忘透過觸摸皮膚認識人事情感的可能。

氣味，點燃回憶懷想的引信，讓人們憑藉著它跨越時空。法國作家普魯斯特在《追憶似水年華》這本書中說道：

當人亡物喪，昔日的一切都蕩然無存的時候，只有氣味和滋味長久存在。它們比較脆弱，但卻更強韌、更無形、更持久、更忠實。好比是靈魂，它們等待人們去回憶、去期待、去盼望。當其他一切都化為廢墟時，它們那幾乎是無形的小點滴卻傲然負載著宏偉的回憶大廈。

德國作家徐四金《香水》一書中描寫葛奴乙所調配出的「愛與靈」香水氣味，是這樣敘述的：

這香水聞來一點都不俗，絕對典雅，圓潤又和諧，還具迷人的創意，聞起來清新而不騷，絢麗黏糊。這種香水這麼深沉、神奇、持續、閃耀，有深棕色的深度——像愉快的個性，親切，像一首好聽的歌，讓你心情豁然開朗。

這短短的敘述中作者用了許多向度的形容，來顯現它心目中無可取代的香水。

首先提到聞的氣味，作者捨棄一般人描述香味的用語，而以「典雅，圓潤又和諧」、「清新而不騷，絢麗黏糊」等狀寫人的氣質、觸覺感受的轉化方式烘托，產生一種不落塵俗的格調。接著以「深沉、神奇、持續、閃耀」、「深棕色的深度……」一連串短拍子的字詞，帶出香水雋永的存在、神祕的氣質與深厚的內涵，最後再以「愉快的個性，親切，像一首好聽的歌」，描繪香水愉悅了心情的效果。

寫作時，如果能透過皮膚與鼻息所感知的反應，讀那看似無言，但深層銘刻難以言喻的情境與人事，將使得筆下的描述如香水般令人陶醉。

名家便利貼

鼻觀，微妙信息好比靈魂

觸摸時所傳達複雜而微妙的信息留駐我們對世界的依戀與回顧，讓接觸時強烈的感覺、滲透於心魂的刺激都因此深刻：

這是深冬時節，朝陽未起的清晨，特別寒冷。即使沒有風，迷濛的霧氣，挾著寒氣，絲絲滲進肌膚，無從抵禦；更何況一陣一陣冷風，拂過沒有遮攔的田野，往身上撲來，令人不由得連打寒噤。

（吳晟．不驚田水冷霜霜）

雨，洗淨了世界，也鎖住萬物溼潤的氣味，在朱自清〈歌聲〉一文裡，便有段結合自然或濃或淡，或甜美或清新氣息所勾勒的雨後之景，比起以顏色塗抹的圖畫另有一番生機：

彷彿一個暮春的早晨。霏霏的毛雨默然灑在我臉上，引起潤澤、輕鬆的感覺。新鮮的微風吹動我的衣袂，像愛人的鼻息吹著我的手一樣。我立的一條白礬石的甬道上，經了那細雨，正如塗了一層薄薄的乳油；踏著只覺愈發滑膩可愛了。

大約也因那濛濛的雨，園裡沒了濃郁的香氣。涓涓的東風只吹來一縷縷餓了似的花香；夾帶著些潮溼的草叢的氣息和泥土的滋味。園外田畝和沼澤裡，又時時送過些新插的秧，少壯的麥，和成陰的柳樹的清新的蒸氣。這些雖非甜美，卻能強烈地刺激我的鼻觀，使我有愉快的倦怠之感。

奇異材料庫

觸覺，啟動引信致命魔咒

感官經驗包含了視、聽、觸、嗅、味覺等，也就是人體的基本接收、傳達、溝通、學習的媒介。其中以觸覺是人體最大、分布最廣的感覺系統，它在每個時刻精密而又敏銳地捕捉身體的反應，埋設記憶的地圖：

觸覺引動的信號：麻、癢、痛、痠、疼、酥、軟、硬、尖、圓、柔、鬆、緊、輕、重、冷、凍、暖、燙、熱、澀、滑

碰觸神經的表情：粗澀鬆垮的皮膚、酥麻的電流、尖刺的針頭、鬆軟的棉被、圓滑的鵝卵石、軟滑熱燙的燒仙草、凹凸不平、粗糙沉重的鐵鋼筋

食物的風味其實要仰賴氣味的誘惑，香，或許不是美食的主角，卻絕對是最醒目的配角；它們不是被吃在口裡，卻絕對是具致命吸引力的魔咒。閩菜中的「佛跳牆」連和尚都擋不住其誘惑，充分說明調製好的香料對食物來說多麼重要：

香氣的味覺情報：輕輕的芳香、清淡的粉香、濃郁的甜香、醋酸香、藥草香馥馥、撲鼻的蔥香、香噴噴的爆炒紅蔥、酥油的蒜香、濃厚的苦氣、帶著酸澀草香的橄欖、討喜的鮮甜、香氣四溢麻辣火鍋、生肉的腥羶味、酒釀發酵的醇香、魚腥臭、烤肉鹹鹹的焦香、炸薯條的脆香

夏日午後，「荷風送香氣，竹露滴清響」，遠遠的榕樹香、草香、雨過天青的楊柳香等等都是環繞在我們四周的自然香氣：

植物的氣味密碼：茉莉淡雅香氣、柔美的薰衣草香、夜來香悠悠襲人花氣、檸檬自然香、迷

人的柚子花香、七里香綻放的濃郁香氣、寧靜的玉蘭花、神祕的迷迭香、氤氳桂花香、濃烈的榴槤、乾淨的蘿蔔香、菠蘿香蕉的發酵香味，荔枝熱情的香氣、龍眼野性香意、番石榴純淨香氣、芒果熱帶陽光的香氣、紅檜清爽的香味、莊嚴的檀香、單純的茶香、薄荷葉怡人香氣

生活的氣息版圖：沐浴乳、殺蟲劑、消毒水、衣香鬢影、異香襲人、酸臭汗衫、球鞋腐敗臭、曬過陽光的棉被香、散發雄黃氣息的端午香

創新望遠鏡

氣味，生活中發酵的記憶

氣味是包裝好的記憶，從生活中發酵，挑逗著情慾，刺激想像，淹沒記憶，用以寫人說景，輕而易舉地便能呈現深厚形象：

*月光下流動的花香輕柔地拂過心頭。

*從男孩身上聞到的是很冤枉、沉悶的味道。

*迎面侵襲的冷風，像消毒水一樣讓人難以忍受。

*在她的髮香裡，我嗅到上萬的橙橘香在齊聲高歌。

*夏天擠爆的公車味道就像一鍋大雜燴，酸臭的腥氣令人作嘔。

*車廂中，濃濃的汗水味夾雜著一股年輕的氣息，雖然難聞但也讓我的精神為之活了起來。

*剪裁合身的休閒灰白毛衣和條紋襯衫、深色長褲，襯托出他沉穩的氣息。

*純白的上衣，略短的頭髮，黑色的打褶長褲，

文字工作坊

細節愈多 記憶就愈強烈

黛安．艾克曼《感官之旅》中提到：「伴隨事件的感官細節愈多，記憶就愈強烈，因為基本上，事件是用感官的線繩為錨索，以強烈的記憶為輔助。」由氣味辨識的外公與狀寫身體痛楚的糾結，都因為感官細節而情意深邃：

外公的味道是什麼？漿洗熨燙乾淨的襯衫、

秀麗的她是一流清泉，乾淨透明；靈氣的大眼睛，清脆的嗓音，月白的心情，像茉莉花茶，淡雅柔和。

很久不使用了的古龍水味、髮油的味道、皮鞋和煙斗的味道、薄荷牙膏的味道、青草茶香……不論怎麼組合，似乎都還離真正的「外公」差一點點。一邊不斷尋找，她一邊忍不住的想：外公身上有一點外婆的味道，有一點媽媽的味道，那是不是也會有一點點孫女的氣味？她於是低頭聞聞自己，希望自己身上也能留下一點點外公的味道。

但是真正外公的味道卻漸漸被醫院無法遏止的氣味取代，那孱弱、衰老混合著藥味、溼紙巾

的氣息，真是她認識的外公所散發出來的嗎？她感到懼怕，但是又不能害怕。她討厭消毒水、優碘、酒精、漂白過的氣味；繃帶、藥品、病床、洗手間；點滴瓶、走廊、門診處、開刀房……那種陰溼嗆鼻又扎人的氣味遊走在醫院的每個角落。那些氣味一遍遍地洗、一遍遍地刷，以那種妳沒有理由反駁的力量漂洗著，直到所有醫院裡的人身上都只剩下那種不帶感情的氣味、那種冷冷的哀淒。

她真恨，也真怕那該死的醫院味道。她恨那種氣味奪走熟悉的外公，卻又怕有一天會連那種氣味再留不住他的人。醫院的味道就像噩夢魔咒般纏上了她的身，尾隨而行。

在慘白的燈光悽悽照著的病房裡，那種氣味禁錮了她的外公，卻又救不了他。

像噩夢一樣。

（景美女中．葉維佳）

天啊！我的腸胃在打架！一股撕裂的痛楚瀰漫我全身。

我開始後悔節食……，我苦得喘著氣。痛楚漸漸蔓延，我的腸子似乎全攪亂、全打結了，我的胃似乎在嚎叫，翻滾得像扭毛巾一樣被扭著，腹腔籠罩在一片短兵相接、鬼哭神號之中。到處都聽得到細胞在啜泣，殺紅了眼的吼叫聲此起彼落。

所幸醫師做出最後的審判，一袋關鍵性的點滴緩緩滴入滾燙的血液，淡化了彼此的仇恨，胃壁的肌肉不再被扭緊，腸子的結一個個被潤滑、被鬆開，直到一整袋完全打進我身體裡。

我覺得好多了，他們終於和好了，我想。

（景美女中．杜若寧）

貼心小叮嚀

看似沉默 卻有千言萬語

氣味飄飛於空間，附著於人事物之中，它看似沉默卻彷彿敘說千言萬語；同樣的，觸覺以奇異的雷達網感應所觸及的有形與無形世界，畫出生活的領域，讓我們知道自己所處的位置。

基測試作及考題中：「傷痕」、「常常」、「我想起那雙手」（98-1）可藉觸覺寫其外貌。「一份特別的禮物」、「一次難忘的考試經驗」、「那一刻，真美」（97-2）、「發現學校後花園」、「捨不得」（104）、「在這樣的傳統習俗裡，我看見」（106）、「未成功的物品展覽會」（110）、大學學測及指考「漂流木的獨白」（99）「遠方」（102）、「如果我有一座新冰箱」（110），如果能以氣味鋪陳氛圍情境，定能讓主題更突出。

TAKE 2

作文程序

瞄準靶的精準的審題

掌握題旨別射錯箭靶

作文流程的四個向度是立意取材、結構組織、遣詞造句及基本規則（錯別字、格式、標點符號）。

首先是審題立意，這是全篇文章重點所在，若是審題時無法精準地掌握題目的意旨，就如同空有神準的射箭技術，卻因射錯靶的而無法得分。在作文中審題不清，便無法確定立意該朝哪個方向、寫作範圍與焦點該設定在哪裡，接著取材與開展的段落不是偏離題目，便是天馬行空浮泛不實，即便是連篇累牘也不具任何吸引力。

相對的，若能仔細審議題旨，扣題立意，層層剖析闡述，輔之以嚴密的結構，就能輕鬆地寫出一篇好文章。是以這一系列將分別就審題、立意、取材、結構等面向說明。

寫作工具列

審題立意
導引寫作方向

立意即主旨，是決定思路、取材、組織、結構乃至遣詞的方向。在確立主旨之前，必須仔細審題，思考題目重點是什麼，題面之意、題中之意、題外之意又是什麼，以把握寫作方向。

基測作文以引導式寫作方式為主，包含一道題目及說明。這些說明一方面是為形塑寫作情境、提示寫作方向，但無形中也是批閱時考量的標準。

是以要看清作文題幹說明，務必符合題目的要求，如字數、主題、人稱、時間、題目等條件。

以「一張舊照片」為例，只能選擇一張舊照片書寫，不可寫好幾張照片。

另如「一次難忘的考試經驗」這個題目，題面上顯示的重點為「一次」、「難忘的」、「考試」、「經驗」。這四個重點中，最關鍵的部分應是「難忘的考試經驗」，鎖定題目限制的範圍後，接著再決定要寫哪一次考試，難忘的部分在考試前？考試中？還是考試結果？順此安排寫作篇幅以及時間順序。

扣緊重點
創意盡情揮灑

通常題目中有對文章限制的一面，也有不加限制的一面，前者規範立意和選材的範圍，使寫作者能快速切入重點構思；後者給予寫作者自由發揮的廣大空間，以表現創意與獨特性。能掌握這兩個面向，縝密思考抒發想法，而不至於思路閉塞和文不對題。如預試題：

> 有人說「鄉村的空氣新鮮，生活優閒簡樸」；也有人說「都市資訊充足，生活多采多姿」。鄉村、都市各有偏好，如果可以選擇，你希望住在鄉村或都市？請就鄉村與都市生活的優缺點加以討論。

這是一道選擇性的議論題，寫作者可以依個人喜好決定居住環境，但無論是描述都市的便利性或鄉村的人情味，最後只能選擇其一，這是題目的限制。

題目不設限之處在「如果可以選擇，你希望住在鄉村或都市」，這提供寫作者彈性發揮的空間，意味目前住都市者可在選擇的彈性下住鄉村，同時必須任選其一，而不能兩者皆選，如果寫成「星期一到星期五住都市，周末假日住鄉村」則不可，因為敘述文是「A或B」，「或」字說明必須二選一，首段即應先表明立場。

敘述重點是「就鄉村與都市生活的優缺點」比較討論，是以書寫時，務必兩者比較。

重要的是要陳述選擇背後的價值觀，亦即比較鄉村與都市優缺點後所陳述選擇的理由。

若選擇都市，可於二、三段強調居住都市的優點及居住鄉村的缺點，如此才能凸顯選擇的理由。若同時說明居住都市的正、負面影響，就會令人不知何以要選擇都市了，反之亦然。若擔心論述的理由不足以說服人，亦可舉例補充，最後再作總結。

題型知識庫

取材命題方向有兩個脈絡

這幾年來，國中基本學力寫作測驗題目亦多淺顯明白，考生的普遍反應是「容易理解題意，也可輕鬆下筆揮灑」。所必備的取材條件是親身體驗，描述生活裡所經歷的人事物景，並深入說明闡釋，才能寫出有深度的作品。

從歷年測試題目，可歸納所關注的焦點與取材、命題方向的脈絡有二：

一、描繪情境＋事件＋感受＋經歷及見聞

＊一張舊照片（試作題）
＊夏天最棒的享受（96-1）
＊那一刻，真美（97-2）
＊發現學校的後花園（試作題）
＊用餐時分（試作題）
＊一份特別的禮物（試作題）
＊一次難忘的考試（試作題）
＊我最喜愛的節日（試作題）
＊我最快樂的事（試作題）
＊我最喜歡的校園時刻（試作題）
＊一個屬於我的理想書房（試作題）
＊閱讀的滋味（試作題）

這類題目的共同點是都具有一個形容詞，一個名詞。名詞標示寫作範圍，形容詞則是文章必須著墨敘述，強化凸顯的要點，加入細膩描述，感動更深刻。

例一　夏天最棒的享受

分析這道題目，「享受」是寫作重點，「夏天」、「最棒的享受」是寫作範圍。行文要緊扣「最棒的享受」發揮，務必具體說明或描述享受的事、享受的過程，加入細膩生動的感情描述，使內心感受更深刻。

夏天是「外在環境」，依題目而言是限制條件，也就是所謂「最棒的享受」是以夏天為前提者，故寫作時務必強調外在環境，與最棒享受的內在心理感動、身體的感覺，以強化這享受「最棒」的滋味，及其無可取代的特殊性。

例二　那一刻，真美

題面上所顯示的重點為「那一刻」、「真美」，這兩個重點中，最關鍵的部分應該是「真美」。

「那一刻」，是指那一個時刻，並不限定只能選擇一個景物或一件人事書寫；「真美」，是文章主要敘述對象與內心感受。

文章中「為什麼是美」比「什麼是美」更重要，所以無論所用以表現美的材料是什麼，都必須掌握景中有情、情中有意、意中有思的層次，才能顯現美的豐富與感動。

二、描述過程＋做法＋體會

＊體諒他人的辛勞（95）

＊我從同學身上學到的事（96-2）

＊當一天的老師（97-1）

＊常常，我想起那雙手（98-1）

＊影響我最深的一句話（試作題）

＊影響我最深的人（試作題）

＊我想成為那樣的人（試作題）

＊讓世界更美好的事（試作題）

＊我最想完成的一件事（試作題）

＊當我做錯事的時候（試作題）

＊爭吵之後（試作題）

＊動人的笑（試作題）

＊發現學校的後花園（試作題）

＊鄉村與都市（試作題）

＊在生命的最後一天（試作題）

＊傷痕（試作題）

＊我想對他說（試作題）

＊我曾那樣追尋（98-2）

＊可貴的合作經驗（99-1）

＊那一次，我自己做決定（99-2）

＊我在成長中逐漸明白的一件事（100-1）

＊付出與收穫（試作題）

＊在玩樂中學習（試作題）

＊讓生活更精采（試作題）

這類題目中的動詞往往是寫作中要特別表述的焦點，名詞則是主體，描繪上大多藉事物人情描寫感受、經驗的過程與體會。寫出精采情節，敘事自然亮起來。

例一　當一天的老師

依這個題目的寫作重點是「當老師」，「一天」這二個字透過將「當老師」限制於一天之中。若想擴張時間敘述可從過去—現在—未來鋪陳準備—實踐—回味等情節顯題。「當老師」是假想的角色扮演，可透過所接觸的老師中，融合其長處，補足其缺失，以表現自己當老師時的做法與想法。

由於老師的主要工作是教學，因此在選擇上盡量以自己擅長的科目為任教重點，如此才能運用自己所熟悉的知識來豐富課程內容，同時以老師於課後所做，如命題、閱卷、改作業、與學生相處、如何了解學生建立情感等具體事件，來落實當老師的身分與工作。在敘事上可取上課橫斷面，或截取教學片段，以凝聚局部縮影的方式，敘述發生、發展、變化、結局過程。

例二　可貴的合作經驗

這個題目裡，「合作經驗」是寫作範圍，「可貴」是寫作重點，取材上必須鎖定自己親身體驗的經驗，如果是以旁觀者敘寫他人經驗將無法扣緊題意。

其次，在敘述上要把握過程中所發生的情節，無論是平順愉快的經驗，或是衝突不斷後轉為合作的歷程，還或是從中發現同學們的優點而成長……都將是不錯的運用材料方式。

「可貴」二字，是點亮「合作經驗」敘述的火柴，為凸顯合作的價值可藉內心的感動、領悟的想法以及自我的改變強化其意義。

例三　我在成長中逐漸明白的一件事

在這個考題中，「明白」是取材範圍，「一件事」是認知或情感轉變的媒介，也就是明白的過程，「逐漸」是寫作重點。

就引導語所言，「透過閱讀與學習，一步步累積知識，拓展視野，理解這個世界」，或「透過交流與體會，知道了更多待人與處事的道理」，可知敘述上無論是客觀地藉學習所得而內省，或主觀地因人事而思考轉化為理，都可以成為寫作的內容。

貼心小叮嚀

選擇中心點 聯想無限展開

內容是原料，措意是手段，文章是成品。由情思材料到具體化為文句，以致完美呈現是書寫的過程。每一個步驟其實都是經過縝密的設計或巧思，就像建築前的藍圖，必須要花一番心思來構想。

由上可見寫作題主要著眼考生生活經驗，不外乎敘述外在的體驗、內在的體會，寫作時務必把握題面上的重心，細緻而深入的思考，探究其涵義，以啟發選材的嚴格與主題開掘的深度。

寫作上宜選擇一中心點展開聯想，形成如球一般的立體空間，內容將更有彈性，並選擇以適當的語言表現，再加上剪裁則容易達到實質、理質、情切有生命的文章。

亮眼鏡頭

立意貴新，取材求深

聽見與聽不見的——蟬聲

春天，像一篇巨製的駢儷文，而夏天，像一首絕句。

已有許久，未去關心蟬聲。耳朵忙著聽車聲，聽綜藝節目的敲打聲、聽售票小姐不耐煩的聲音、聽朋友附在耳朵旁，低低啞啞的祕密聲……應該找一條清澈潔淨的河水洗洗我的耳朵，因為我聽不見蟬聲。

於是，夏天什麼時候跨了門檻進來我並不知道，直到那天上文學史課的時候，突然四面楚歌，鳴金擊鼓一般，所有的蟬都同時叫了起來，把我嚇了一跳。我提筆的手勢擱淺在半空中，無法評點眼前這看不見、摸不著的一卷聲音！多驚訝！把我整個心思都吸了過去，就像鐵砂沖向磁鐵那樣。

（簡媜．夏之絕句）

對於季節，通常著眼的是氣候變化、景物溫度、穿著飲食，當眾人皆以這樣的方式立意，以相似的材料書寫時，便流於通俗平板。有道是：「文貴新、意貴奇」。寫作講求的是創意，是獨特性，對於季節你是否有與眾不同的敏感性？是否察覺到季節流轉中看似不起眼，其實卻具代表性的元素？

簡媜〈夏之絕句〉起筆精簡而亮眼地以春天的繁複華麗，帶出夏天的明快俐落，並以短小精采的絕句抓住夏天熱情活力、精神勃發的氣勢。

接著以逆筆寫耳朵裡充斥都市慌躁的聲響，「已有許久，未去關心蟬聲」、「我聽不見蟬聲」、「於是，夏天什麼時候跨了門檻進來我並不知道」，這三句漸層式的敘述，巧妙地強化蟬聲是夏天來的訊號。

而初時的不關心、不在意，都在一個意外的時空中「所有的蟬都同時叫了起來」，那高昂的氣勢、響亮的頻率，頓時「把我整個心思都吸了過去，就像鐵砂沖向磁鐵那樣」，將蟬聲強烈的存在，巨大的震撼力寫得十分傳神，也使蟬聲成為夏天令人驚異的標誌。這樣的季節書寫因為立意取材之呈現變調，而形成無限魅力。

奇異材料庫

從平淡到脫穎而出——立意新、取材廣

決定文章品質高低的關鍵是立意。立意精巧，整篇文章似被賦予靈魂般鮮活而富有感人的

魅力，以國中寫作基測評分觀察要點而言，四、五、六級分的先決條件是能依據題旨取材，其間差異在是否能進一步闡述說明以凸顯文章主旨，或只是闡釋說明。

至於三級分以下者，明顯因為能否依題取材與運材不足所致，由上可見，學生是否能正確審題，並據題運用材料影響最大。

至於組織結構、遣詞造句與格式屬於寫作基礎，四級分以下著重於對此三者要求；五、六級者因基礎能力已達優秀，故看重立意取材。換言之，如果要讓四級分學生能躍升至五級分，則必然要在立意取材這向度中呈現新意與深度。

事實上，透過課本選文中便可察覺如何立意新穎，取材廣博，如古蒙仁〈吃冰的滋味〉在第一段提出「夏日吃冰，是人生的一大享受」為總綱，然後展開各段描述，敘述冰品在童年的位置、社會變遷中新舊口味、台糖生產的冰棒、收集冰棒桿子、刨冰雪花、刨冰添加物、射芋冰等豐富面相，藉以鋪陳現代化冰淇淋與回憶中古老滋味。

張曉風〈麵包出爐的時刻〉、〈韭菜合子〉以穀的堅持與吃肉的一代對比，帶出的五穀馨香、江南水田、台灣物產；再以飯香、麵包香顯現無味之味、貧賤出身與鍋子乍掀烤爐初啟的奇異喜悅，呈現生於雜亂世紀的幸福，因結合人文，而使內容層次綿密，深度廣度擴大。又如琦君〈月光餅〉結合中秋民俗、五彩畫紙、民間故事、拜月觀音面的傳說、記表姊與思鄉等之情。

這些以飲食作為媒介的文章，在抒情之外，或藉民俗典故添加趣味，或以昔今社會變遷深化觀察，或在點心小吃口味之外，拉開時空伸向對鄉土文化的懷想，讓生活化的題材因此耐人尋味而又引人入勝。

寫作工具列

從是什麼到爲什麼——思想就會深刻

立意深刻是文章高下的重要因素；立意薄弱，無法開展題目；老生常談，人云亦云，則往往缺乏新意。但立意過深，或過於艱澀，也容易導致誤解。

多角度地構思立意，能培養敏捷的思維和創新能力。當我們面對作文題目，若環繞題目去想「是什麼」、「為什麼」、「怎麼做」，就有可資利用的材料，以決定文章的中心思想。

特別要強調的是，思考題目「是什麼」時，具體的定義通常較為呆板，抽象的聯想才能引人入勝，因而寫作方式若能「見人之所未見，發人之所未發」，從現象看到本質，由感性上升到理性，透過實之事而達到虛之理，思想就會深刻。

同時，立意要一以貫之，所有段落要順此脈絡開展，若是雜亂無章，隨想隨寫，無法將情理結合，豈能凸顯文意與旨趣？

以基測寫作題目「我在成長中逐漸明白的一件事」而言，立意上無論是客觀地藉學習所得而內省，或主觀地因人事而思考轉化為理，都可以成為寫作的內容。而所謂「逐漸明白的一件事」，可以是生活中的通則如孝順、體諒母親的辛勞、人際關係、合作團結、讀書態度等道理，但如果能著眼於生命本質問題，扣緊成長中的困惑，比如：

人為什麼有七情六慾？
如何不被情緒控制？
人要以什麼樣的方式生活？
存在的意義？什麼才是最有價值的追求？
為什麼要讀書？讀書的目的是什麼？

什麼是公平？

如何在命運之中活出最大能量的自己？

面對挫折的態度？

幸福是什麼？自由是什麼？愛情是什麼？

人生是矛盾的還是可以邏輯性的？

這些偏重於更深層的問題，展現對成長的思索，帶動的是說理的力道，在立意取材足以讓文章出色亮眼。

掌聲的三層思考——筆下乾坤廣

行文取材時，可以順著下列三個方式思考，以「掌聲」一題為例：

一、**擴散思考**：可以聯想到自己的高峰經驗、舞台表演、比賽成果等，藉以凸顯掌聲是每個人在舞台上所追求來自別人的肯定，也是激勵自己努力不懈的動力。

二、**相對思考**：順著掌聲的意象，開啟另一扇思考的視窗——掌聲與噓聲：如「掌聲是鼓勵人們前進的動力，噓聲則是使人裹足不前的阻力。」有了相對的意念，可以使文章的內涵更為豐富。

三、**價值思考**：這是文章的精華處，順著掌聲的價值，追求掌聲的意義，呈現觀點。

歸納上述，「掌聲」一文的立意可以是下列幾點：

＊未判斷對錯而任意給予別人掌聲，也許會使別人愈陷愈深。

＊英雄是在鐵砧上磨練的，皇冠是在熔爐中範鑄的，失敗並不可恥，跌倒了再爬起來，才能獲得真實可貴的掌聲。

＊我們不要吝惜給別人掌聲，即使是微不足道的

表現。但得不到別人的掌聲時，我們仍要堅持自己的理想，如果肯定自己是對的，就為自己喝采吧！

回家的回與家——有限制與不限定

以九四年大學指考作文「回家」為例，這是每個人都有的經驗，如何寫得不凡，則必須從靜觀之中提煉自己的想法感悟，賦予「回家」這個理所當然的動作不平凡的意義。否則將陷於陳腔爛調，或流於形式如記流水帳。作家方群建議的方向是：

也許還可以討論house與home的不同，利用物質與精神的差異切入文章核心，然後將黃絲帶繫在老橡樹上，等待閱卷老師路過的眼睛。如果引了一句近鄉情更怯，理所當然得配合外宿返家的橋段，至於背一段陶淵明的〈歸去來兮〉，也能表現我不屈從流俗的骨氣。至於化身成返鄉的溯溪鮭魚，或是重回出生地產卵的綠蠵龜也頗具創意。

立意的關鍵在於完整理解題意，要看到題目限制的一面，也要洞悉不加限制的一面。以「回家」這個題目而言，其限制處在「回」、「家」。限制，反可啟發選材的嚴格與主題開掘的深度。立意向度上，題目可分解為「回」、「家」兩字，「回」可分為：

*回

*不（想、能、敢、喜歡）回

*回不得（無家可回、家變、回不了）

同時要善於從限制中發現「自由的空間」，

比如：

＊回的人？

＊什麼樣的家？

＊回的心情與背景？

依此收集材料可就以下方向開展：

＊自己經驗：要回家的心情、路上經歷、家門在望的期待、進入家的情緒……等取材。

＊他人經驗：有家回不得者（如負笈在外、作官經商、工作、戰爭、亡國而無家可歸……）的望鄉心情；社會現象中不想回家（家是戰場、冷清冷漠、孤獨暴力控制）等線交錯。

至於「家」的意義，除生長的家庭、血親的家人，如果能夠就生長的地方（家鄉、土地、文化）、長久居住的空間（第二個家、中國與台灣）、文化的根延伸則內容將無限寬廣。

書寫回家的心情可引詩為證，比如：

少小離家老大回，鄉音無改鬢毛摧（衰）。

兒童相見不相識，笑問客從何處來。

（賀知章．回鄉偶書）

葡萄美酒夜光杯，欲飲琵琶馬上催。

醉臥沙場君莫笑，古來征戰幾人回？

（王翰．涼州詞）

其他像是李白〈靜夜思〉、杜甫〈聞官軍收河南河北〉、項羽衣錦還鄉與無顏見江東父老之歎……等必然能使筆下天地豐盛燦爛，足見寫作不乏材料，端視個人是否能聯想運用所學所知。

貼心小叮嚀

審題後是樹立本文主旨，確立寫作重點和方向，文思才不會像無舵之船，在水面上任意漂流，不知去向。原則上立意四要四不：「要高遠不可低下、要正確不可偏執、要清新不可陳腐、要寬廣不可狹窄。」

做法上可由題深入，選取熟悉的題材，做深入細微的刻畫，在剖析中以正反層層進入中心，再由社會實際觀想，呈現多方面的角度視野，使文章更有深度與可讀性。

鋼骨梁架 分明的組織結構

起承轉合 各司其職

每個人的一生都會遭遇許多事，有些是過眼雲煙，倏忽即逝；有些是熱鐵烙膚，記憶長存；有些像是飛鳥掠過天邊，漸去漸遠。而有一些事，卻像夏日的小河、冬天的落葉，像春花，也像秋草；似無所見，又非視而不見——童年的許多細碎事物，大體如此，不去想，什麼都沒有，一旦思想起，便歷歷如繪。

紙船是其中之一。

我曾經有過許多紙船，在童年的無三尺浪的簷下水道航行，使我幼時的雨天時光，特別顯得亮麗充實，讓人眷戀。

（洪醒夫・紙船印象）

結構嚴謹、布局精密，再以緊密的段落安排、舉例加強題旨，增加文章強度，才能成就好文章。結構要嚴謹首重布局，關鍵在掌握題意，訂定中心思想，據此展開起承轉合間的敘論說明乃至分析歸納，不但可證明立論的重點，也容易打動閱讀者的心。

以這篇課本選文而言，全文結構為：

起：童年

承：遊戲

轉：情感

合：傳承

就一篇文章而言，無法分述多少段落，總歸納於起筆的破題、承筆的說明闡釋、轉筆的開展另一面向或反面說理，以及最終的結論。這些段落各司其職，也各有其必須精采亮眼的龍頭、層次分明內容豐富的豬肚、簡扼有力總結全文的豹尾。

具象前，後抽象
脈絡層次分明

不過每一段落，句與句之間也必須要有清楚的結構，合乎邏輯與層次的脈絡。

以〈紙船印象〉第一段敘述而言，作者將人生遭遇分為四類：

＊有些是過眼雲煙，倏忽即逝。

＊有些是熱鐵烙膚，記憶長存。

＊有些像是飛鳥掠過天邊，漸去漸遠。

＊而有一些事，卻像夏日的小河、冬天的落葉，像春花，也像秋草；似無所見，又非視而不見。

在敘述上先寫具體的景象，再寫抽象的意義。

過眼雲煙	熱鐵烙膚	飛鳥掠過天邊	夏河冬葉春花秋草
倏忽即逝	記憶長存	漸去漸遠	似無所見又非視而不見

當作者寫這四類遭遇時也巧妙地運用排比及對比的寫作技巧，前三類「有些」、「有些」、「有些」是排比；後一類「而有一些」則與前三種形成對比。在陳述的字數上也由少變多，暗示後面較為重要。接著在如此沉重的感情之後，以一句「紙船是其中之一」作為一段，使得這短短的句子擁有承接所有重量的價值，同時也讓文章敘述的中心點顯得明確而醒目。

寫作工具列

基本結構
萬丈高樓平地起

千變萬化的幾何圖形、古典時尚的建築風格都從直線、三角形、方形、圓形出發，文章亦然。茲分敘於下：

一、一條龍結構：依時間、依情節發生過程敘述

＊因果鍊圖：因↓果、果↓因

強調思考事件前後與因果脈絡的「因果鍊圖」是論說文中最基本的模式。

而敘事性文章主要在描述事件發生的來龍去脈，無論是以時間或以空間為架構，都不外乎因果關係的描寫。如〈空城記〉：「司馬懿引大軍十五萬，望西城蜂擁而來。時孔明身邊並無大

將，只有一班文官；所引五千軍，已分一半先運糧草去了，只剩二千五百軍在城中。」（因）、「眾官聽得這消息，盡皆失色」（果）。

＊時間脈絡：今→昔、昔→今、今→未來

大凡記敘人事變遷、追憶似水年華的文章多以時間作為敘述主軸，依人事物而展開敘述脈絡。最常見的是記敘、抒情之文藉今昔對比所引發的敘述式慨歎，如阿盛〈廁所的故事〉文以廁所貫串全文，從昔日以竹片揩拭到粗草紙，乃至從茅坑到今天的抽水馬桶敘述生活形態的轉變。

＊敘感關係：敘→感、敘→論

無論先敘事寫景、說明現象或鋪展故事，文末歸於抒情、議論的結構模式，其核心處皆在「感」。遊記每見將景色、心理、哲理融合，如徐志摩〈我所知道的康橋〉：「頃刻間這周遭瀰漫了清晨富麗的溫柔，頃刻間你的心懷也分潤了白天誕生的光榮。」（敘）「春！這勝利的晴空彷彿在你的耳邊私語。春！你那快活的靈魂也彷彿在那裡回響。」（感）

寓言體的文章則多採先敘後論，是以寓言有所謂以故事糖衣把道理包起來之說。文章結構通常以具備「開端、發展、結尾」完整的故事情節為主，其論或以對話方式引出道理。

二、柵欄式圖：以一條條單獨存在的線索，架構成某種風情圖像

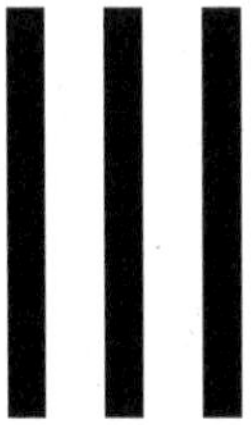

以一連串相似事件或情節平行出列，藉某種共同的意念隱然聯繫，最後總收的組織方式，可以用於敘—論、敘—感的結構中，如孟子曰：

「舜發於畎畝之中，傅說舉於版築之間，膠鬲舉於魚鹽之中，管夷吾舉於士，孫叔敖舉於海，百里奚舉於市。」便是以條列方式舉例。「故天將降大任於是人也，必先苦其心志，勞其筋骨，餓其體膚，空乏其身，行拂亂其所為，所以動心忍性，曾益其所不能。」則是論述。

三、交叉對比：正反相生、敘論相映

↓↑　↑↓

↓↑　↑↓

↓↑　↑↓

論說文無論是先敘後論，或者是先提出論點繼而佐以例證說明，不外乎正反相生的對映組織，如「人恆過，然後能改；困於心，衡於慮，而後作；徵於色，發於聲，而後喻。」↑↓「入則無法家拂士，出則無敵國外患者，國恆亡」。

四、條理井然：各類文體的層次間架

寫作時，合理組織材料，寫來才不凌亂。「想到哪寫到哪」的「無頭蒼蠅式」寫作法，會造成論點重複、布局錯亂、語意不明。

為求組織嚴密，可教學生練習寫作大綱：

1. 依主旨需要，判定何者為先？何者處後？
2. 何者為重點？何者為旁枝？務必懂得以綠葉襯牡丹，重點與細節搭配得宜。
3. 布局間同時要注意首尾呼應，段落之間的連貫與上下文句的層遞力求自然流暢。

行文時融合不同文體，如夾敘夾議、夾敘夾抒情，才能使文章更豐富有變化。

*寫人：著眼形象神韻

以記敘文而言，描寫人物外在形貌動作，要依順序，使讀者視覺隨著作者描寫移動，從而建構具體清晰形象。不管從上而下，從容貌到服飾，從神情到身材，都要有順序，避免雜亂無章。如：

祖母穿著翡翠色的高領衣裙，腰板筆挺的坐在餐桌邊主持一切，她那頭依然濃密的金髮梳向後腦，濃妝後的眼睛亮得像黑色的瓷器。

（哈利海瑟．守著孤島的女孩）

「余孟勤面色白淨，肩平額方。小童常說：給余孟勤畫像，簡單！用一把尺就可以畫了！全是直角！」「余孟勤確實長得方正，不過也很神氣，並不呆板，他是相當體面的，兩眼尤其有神。」

（鹿橋．未央歌）

*寫事：善用時間布局

寫事則可先交代原因、經過，再說結果；談史實，時序則由古而今，文章才有層次；或從事件發生到進展，到轉折，再到結束。

一般常用的時間布局有三，分別是：

順序法：依照時間前後順序發展

倒敘法：先寫現在，再回溯過往

鏡框法：現在↓過去↓現在，如朱自清〈背影〉。許多記事題目如〈歲月的寶盒〉、〈最難忘的一個人〉、〈影響我最深的事〉，都可運用時間為經、人事為緯的結構鋪陳。

*寫物：依次描繪樣貌

寫物，可從外型、狀貌、特質依次描繪。如梁實秋〈鳥〉：

多少樣不知名的小鳥，在枝頭跳躍，有的曳

著長長的尾巴，有的翹著尖尖的長喙，有的是胸襟上一塊照眼的顏色，有的飛起來的時候才閃露一線斑斕的花彩。

＊寫景：掌握空間次序

寫景的層次，可以由遠而近或由近而遠，或採先主體後背景或先背景後主體，按空間有次序地轉換處理。

如辛棄疾〈西江月．夜行黃沙道中〉：

明月別枝驚鵲，清風半夜鳴蟬。
稻花香裡說豐年，聽取蛙聲一片。
七八個星天外，兩三點雨山前。
舊時茆店社林邊，路轉溪橋忽見。

此寫三種聲音：鵲聲、蟬聲、蛙聲，由小而大。下片寫景：天外疏星、山前雨點、橋後茆店，由遠及近。就是結構井然有序的最佳範例之一。

＊論說：據理就事分析

以論說文而言，可依四考慮，決定架構：

理（道理、主張）
事（證據）
法（做法）
情（情感）

也可以採用四段法：

起（揭示題意、說明重要性、表達觀點，提出主張）
承（正面論證、提出方法，積極論述）
轉（反面辨正、引用例證，消極襯托）
合（結論、心得、感想）

或採用三段法：「開頭—正文—結尾」；或

是「敘述狀況—分析理由—提出辦法」。

貼心小叮嚀

直接破題 舉例加強中心思想

至於分段，段落要分明，最理想的文章在三至四段結束，其中第一段起頭及最後一段結論，盡可能精簡扼要，不宜超過一百多字，但第二、三段則可以稍長，也不宜超過三百字。

基測閱卷時間有限，閱卷教師很難反覆詳讀一篇文章，建議考生行文直接破題切入重點，再以緊密的段落安排、舉例加強題旨，增加文章強度。

「謝謝！感恩！祝福你！這些話一天之中說了幾次？」一位考生以疑問句起頭，向早餐店阿姨、郵差等表達感謝，精準掌握人物特性和體諒的理由，又沒錯字，獲滿級分六級分。

或如首段僅一句：「那是我見過最有溫度的背影。」次段承此敘述最有溫度的背影。

最後一段回到首段之語：「在那之前，我只能這麼望著，那個我見過，最有溫度的背影。」文章緊扣「最有溫度的背影」。

「溫度」二字既是母親對子女無怨無悔的愛，更是子女對母親的感激，「背影」顯現母親默默付出的神情動作，也是子女在心底深處的體會與心情。

文章由虛而實，從生活到內心交織成跌宕生姿的佳作。與朱自清〈背影〉中以「我與父親不相見已有二年餘了，我最不能忘記的是他的背影」為始，而終於「我讀到此處，在晶瑩的淚光中，又看見那肥胖的，青布棉袍，黑布馬褂的背影。唉！我不知何時再能與他相見！」有異曲同工之妙，足見從課本名家文章中，便能深刻熟悉基本架構。

首尾相應的形式，讓文章產生迴旋的韻趣，最適於抒情文，如二〇〇七年山東高考滿分作品〈母親手中的稻草繩〉，在破題時便直陳「就在昨晚我還伸手摸了摸枕下的稻草繩，胸中的熱血流遍全身」，讓時間隨著物件而流瀉無法遏抑的情感，接著由草繩框出母親形象：「母親啊，您可曾知您坐在門前編製稻草繩，那藍布褂，那雙敏捷而勤快的手將稻草一顛一顛地編成草繩——那幅畫面伴隨了我十幾個春秋啊。母親啊，那是永不褪色的記憶，伴我一年又一年……」最後將文章拉回現在，憑藉跌宕不已的回想，一幅幅畫面與當下連結，讓結筆不但達到收束的效果，並產生波瀾：「我在您的那雙手下成長，同稻草一樣由草變繩……您的那雙手陪我走過了一夜又一夜，時間永遠吹不落您手中的稻草繩，更吹不落那雙一顛一顛的草繩。」

生花妙筆
畫龍點睛的造句遣詞

遣詞造句 首重精確流暢

散文講究情感之美，但如何在描繪風物、敘寫事件、闡述哲理感染他人，除了立意，勢必由遣詞造句的基本功夫著手，才能以最切當、凝鍊的語言符號來呈現。遣詞造句是寫作基本功，因此以使用語詞與句型是否精確流暢，作為區隔級分的標準。

基測六級分「遣詞造句」所敘述的評分規則是「能精確使用語句與各種句型使文句流暢」。如果能正確使用語詞，文意尚稱清楚但「有時出現冗詞贅句，句型較無變化」則落於四級分。「遣詞用句不夠精確或出現錯誤，句型、冗詞贅句過多」是三級分。相形之下，對於學生是否能精確造句遣詞，在平鋪直敘間變化句型，以修辭表現寫作技巧的要求，比「立意取材」、「結構組織」來得嚴格。

以下將提出幾種點出閃爍火花的方式。

寫作工具列

巧用形容　形成驚豔

形容詞的出場讓語詞有了更絢麗多層次的顏色和情緒，但若要表現創意便需改變固定的思維，如「肥胖」多用以形容動物，若是「夏天一到，行道樹頓時成了肥胖的綠」、「浪跡天涯是個肥胖的夢」、「陽光讓城牆肥胖的影子成為旅人暫歇的傘」，這樣靈活的用法讓肥胖將濃密的綠意、奢侈的夢、廣大的陰涼變得可愛而迷人。例如：

東邊離我約十公尺遠一棵木麻黃小枝椏上，一隻正在孵蛋的雌黃頭鷺，牠的嘴喙上有一塊小褐斑，我就給牠取名花嘴。牠的先生，我稱牠為楚留香……牠不只往樓下跑，還常照顧附近一些產卵中的鄰居太太，我就稱這隻風流的黃頭鷺為鳥中的「楚留香」。大方的老婆，我呼牠為「多情」。

（徐仁修．鷺鷥與我）

台灣欒樹在夏末秋初開黃花，十月結蒴果，由黃轉紅褐；原住民看到曠野上盛開的野生欒樹由黃轉紅，便記得是下溪捕毛蟹的季節。如今，道地本土種野生欒樹，已在城市的行道兩旁穩穩地站立，尤其是秋天，黃花與紅果一齊在綠色的樹冠上燃燒張放，火紅之姿延燒整條行路，以及行路之上清爽無雲的高空。那是台灣秋天典型的聲音，黃花與紅果隨風搖動，沙嗦作響，只有在少數人的心裡微微揚起。

（王家祥．秋日的聲音）

短枝上長出尖刺，枝葉密生交錯的間隙，一個個小燈籠似的橘子掛下來，發出燦爛霞光，整棵樹彷彿喜慶般張燈結彩。

（洪素麗．橘與柚）

無論是集中橘子形容形狀「小燈籠似的」、色彩「燦爛霞光」、感覺「彷彿喜慶般張燈結彩」，或是依鳥兒特性取名，都讓描述的主體顯得玲瓏有致。

善用修辭　創造美感

修辭是進入寫作天地的通行證，巧妙運用能使文字靈動出色，如：

曲曲折折的荷塘上面，望到的是田田的葉子，葉子出水很高，像亭亭的舞女的裙。層層的葉子中間，零星地點綴著白花，有嬝娜地開著的，有羞澀地打著朵兒的，正如一粒粒的明珠，又如碧天裡的星星，又如剛出浴的美人。微風過處，送來縷縷清香，彷彿遠處高樓上渺茫的歌聲似的。這時候葉子與花也有一絲的顫動，像閃電般，霎時傳過荷塘那邊去了。葉子本是肩並肩密密地挨著，這便宛然有了一道凝碧的波浪。

（朱自清．荷塘月色）

朱自清善用感覺捕捉聲光、色彩與氣味，並搭配動靜的交錯，使筆下荷塘月景風姿嫵媚，韻趣無窮。特別是以「亭亭的舞女的裙」喻荷葉；「一粒粒的明珠」、「碧天裡的星星」、「剛出浴的美人」形容各種姿態的荷花；「彷彿遠處高樓上渺茫的歌聲似的」是荷香；花與葉之間的顫動則以「像閃電般」喻其波蕩；「一道凝碧的波浪」寫其色與線條。

在眾多修辭中，譬喻是用得最普遍，也最討好的文學表現方式，〈荷塘月色〉如是，心測中心公布「那一次，我自己做決定」六級分樣卷，也以譬喻深化情感與事實：

那一天，原本和諧的琴瑟出現了雜音，原本至死的宣示出現了裂痕。爭吵，就像是一條涓涓的細流，緩慢的割蝕因婚姻而隆起的睦土，彼此再也無法容忍，甜言蜜語全成了互相傷害的利刃。離婚，就像深淵的惡魔緩緩的招手，而這一次我必須面著惡魔做出決定。

句法結構相同的排比也是創造形式的美感，加強文句氣勢的方法，如：「一開始就做對，可以不必耗損心力來彌補錯誤，可以不必為無法挽救的缺失而扼腕嗟歎卻半籌莫展；一開始就做對，可以節省不少改弦更張的時間；一開始就做對，可以行事從容有餘裕。只要你，一開始就做對！」多句表達同一意念，意象必然鮮明；文字整齊，詞采自然優美。如：

反問：「任意把垃圾傾倒在河川裡的人，可曾考慮過水中的生態平衡將因此被破壞殆盡？」在質問中激起反思，並指陳問題癥結。

映襯：「別人吃力吃苦，他們吃利吃香；別人吃緊，他們緊吃。他們強迫農村為都市破產，掌握社會關係，顛倒社會公義。」（許達然．探索）

以對比方式顯示迫害。

疊字：「Cappuccino慵懶的躺在圓圓厚厚的馬克杯，綿綿密密牛奶泡沫，平凡的奇蹟，唇上一派曙光。」（林怡德）簡單的疊字讓尋常的物件變得生動可人。「急促的翻書，窸窸窣窣，緊張的心跳，怦咚怦咚，汗流不斷，這是考試會場奏出的緊張交響曲。」將考試緊張的心情寫得十分生動。

細用感官 聲光色味傳神

眼耳鼻舌心單獨特寫訓練，正在於開啟感覺的密碼，透過細微敏銳的觀察和創意獨特的視角，繽紛開展創作蹊徑，一如畫素高的相機能留住亮麗的色彩，立體的輪廓。如〈王冕的少年時代〉描述七泖湖放牛的湖景：

那日，正是黃梅時候，天氣煩躁。王冕放牛倦了，在綠草地上坐著。須臾，濃雲密布，一陣大雨過了。那黑雲邊上，鑲著白雲，漸漸散去，透出一派日光來，照耀得滿湖通紅。湖邊山上，青一塊，紫一塊。樹枝上都像水洗過一番的，尤其綠得可愛。湖裡有十來枝荷花，苞子上清水滴滴，荷葉上水珠滾來滾去。

要生動的寫出生活點滴，則深入觀察細膩體會，特別是微妙而精細的摹寫技巧，在平鋪直敘的文句上略加工添香，以展露出文字內在感覺，無論是色彩感、音樂感、氣味與觸碰的情思，同時以動靜相映、遠近層遞的視點移動方式，便能將如畫風景盡收尺幅文章之中。就這段敘述分析，可見：

動態：從「濃雲密布」後的「大雨」，轉入「黑雲邊透出日光」的天晴，最後將鏡頭聚在雨後乍晴，「荷花苞子上清水滴滴」、「荷葉上水珠滾來滾去」，特寫的清新畫面，由上而下的視線導出整個空間變化，不落痕跡所呈現的時間流動，讓這段寫景文深刻動人。

靜態：「青一塊，紫一塊」、「樹枝上都像水洗過，綠得可愛」，再將鏡頭聚在整個空間變化，雨後乍晴的清新畫面，因此深刻動人。

層次：依序為天上、湖邊山上、樹枝、荷花、苞子、水滴、荷葉，由遠而近從大到小，逐漸逼進的特寫與動靜相映，無怪乎王冕讚歎「人在圖畫中」，而毅然由學書到作畫。

美感經驗的產生，是透過眼耳鼻舌身意所伸出的觸角接觸、碰撞、感動而得。這些，由感官所聚合的繁複而多變的意象，是儲內心的「意」，也是塑造成外在鮮明具體圖像的「象」。有了細膩的感官觸發，方得以在意象上表現獨特性。如：

經常雲山沉著的遠天盡頭，偶爾、浮起一艘扁平、修長貼著海面的船舶；如海平線上鑲繡了一截神祕黑線。

（廖鴻基．偶遇）

透過形象、色澤、氣味營造出內心感受，讓遠天近帆在視線的收攬下，似伸縮鏡頭般曼妙有致。同時也因為細節的渲染，使空間擺設、氣氛心境歷歷在目，如以下這段回想昔日讀書考試的壓力，至今仍惻惻然：

深藍鐵門，藏青窗櫺，褪黃的白窗簾。木造講台，前面漆成土褐，後面架空，幾層木板橫豎分隔，散放著白、紅、黃、綠盒裝粉筆，另有前端分岔的粗糙藤條。數個板擦擱置板溝。較好的教室備有板擦機，削鉛筆機模樣，衛生方便，省得值日生懷抱數個板擦至走廊，掩口遮鼻，偏頭，就著襯墊枯葉的乾溝，持藤條劈里啪啦打，揚起粉塵。桌椅腳或瘸，或表面塗刻……「張明雄愛陳美玲」等字樣。同學散坐，有的座位空著。看似老師模樣的男人或女人，手抱一疊考卷，嚴肅喝令第一排同學傳下。咻咻——咻。教室安靜，除了傳考卷的聲音。我捏緊鉛筆，掌心冒汗，心怦怦跳。前排同學傳來數學試卷，趕忙接上，迅速瀏覽——

我，一題也不會。

（李欣倫．顛倒夢想公倍數）

語句精確 句型多變

當取材雷同時，關鍵則在描述技巧：造句遣詞是否貼切、敘述是否合於邏輯、描繪是否細膩具體、文句是否生動流暢，便成為得高分的最大因素，以情修潤筆端，斐然多姿。如：「被時間悄悄弄駝了腰」、「老街安逸的依偎在淡水河旁，記憶過往的時光，街上阿給飄香，鐵蛋的嚼勁，魚丸魚酥的回味，是台北最令人心醉的古典。」

啊！我想起來了！那是我們，前世的我們。我輕輕撫摸玻璃窗，我不敢出聲、不敢引起你的注意，因為我不敢打破時空中這微妙的邂逅。你的容顏依舊模糊，你的眼神依舊溫柔堅定。是你說過的，生生世世都要相會，但今生的我，要如何和前世的你相會？所以，讓我在這裡，看著你就好，看著你是怎樣和前世的我並肩談笑。

（景美女中．吳亭彥）

示現的濾光鏡，堆疊的纏綿，以驚呼的口氣帶出重回前世畫面的雀躍，也帶出今生僅能默默相望的癡情，跌宕成深沉的無奈。

引經據典 強化氣勢

善於引經據典，成語佳句往往能生如虎添翼之效，以「體諒他人的辛勞」這題目，可引孟子所言：「一日之所需，百工斯為備」破題，接著說明日常生活受惠於各行各業，應該體諒別人的辛勞，再延伸至感謝別人的付出。層次上可從個人經驗，親身體悟的具體實例下筆，再談到家庭、社會；敘述間能引用古今中外歷史典故，將更有說服力。

如九二年全國語文競賽以「榜樣」為題，國中組第一名作品：

> 愛的榜樣，是人生旅途中讓人留戀盤桓的唯一理由。閃亮的生命源自於關懷別人，願意為他人犧牲割捨的無私大愛；亦來自以開闊的胸臆去接納迥異的文化，包容各種族群。如十九世紀出生的德蕾莎修女，願意走入印度加爾各答去服務病人及窮人；也像史懷哲醫生，不顧家人的勸阻，毅然決定遠赴非洲行醫救人。

大量言例、事例不但有添翼之功，也讓榜樣的典範具體可觀。

引證，除卻可作為說理的支撐，更能當成段落的核心，如以「自由」為題，在引言所開啟的論述，不僅讓說解有力道，也豐富了說明的層次與厚度：

> 身為現代人，擁有法律所保障的自由，只要不觸犯他人的權益，便能充分享受言論、集會等

自由。但獲得自由的路是漫長而艱辛的，是人類歷經數百年所爭取的權利，我們應該珍惜並善用之。

中古世紀時教會剝奪人民信仰的自由，更利用贖罪券控制詐欺百姓，羞辱偉大的上帝。千年來的印度亦然，以種姓制度成為階級森嚴的階級體系，人民在出生前便被限定命運而永不得翻身。

即使種子都有自由選擇的機會，被剝奪自由的人生還有什麼意義？

羅曼．羅蘭說：「我們只崇敬真理，自由的、無限的、不分國界的真理，毫無種族歧視或偏見的真理。」自由便是真理，是天賦的人權。

長久以來受君主專權、貴族欺凌、宗教剝奪，被壓抑迫害的人們終如火山爆發，一舉革命成功，替自己爭取了自由。法國大革命的成功不僅使絕對君主制封建體制在三年內土崩瓦解，隨著路易十六被推上斷頭台，也如骨牌效應般地影響全世界，人們終於發現自由使我們免於他人的強制和暴力。

威．柯珀說：「只有自由，才能給易逝的生命這朵鮮花賦上光豔和芳菲。」自由讓我們能隨心所欲地選擇生命的型態、生活的方式、存在的意義。不過沒有法律，就沒有自由，人們不得假自由之名而行傷天害理之實，更不該踐踏這得來不易的權利，否則便不配享有自由，更汙蔑了自由的精神。

（蔡秉軒）

貼心小叮嚀

具體描述
創造鮮明印象

生活是寫作的窗口，每一扇窗望去是單調，還是新奇，端在於個人主觀察覺與感受。在巧手舞鏟揮動下，尋常豆腐也能讓人吃得津津有味，嘖嘖稱奇，但若是落入拙者則山珍海味也變得平淡無趣。

作文之妙亦在此，要創造鮮明的印象，讓讀者產生共鳴，更有親臨其境之感則必須具體形容描述，並在特點上著墨，運用修辭摹寫更能讓文句深刻而靈動。

TAKE

3

立意取材

玩字
單字的拆解法

文字是……前世今生的纏綿

中國文字本身的涵義、引申義及字形的藝術美感，引發無限的想像及發揮創意的空間。文字是一種形象，也是一種意念，是以看到一個字，可以聯想起很多和這個字有關的人事物，或是由讀音（或破音字）、字形組合拆解，加以詮釋剖析；或是結合人事典故，論說表述，引燃對文字的感情。譬如斂手而坐的「女」、田裡出力的「男」、把一個腳丫放到另一隻腳丫前面的「步」、交織花樣的「文」……，每個字形狀所敘述的事件、文字組織成的意思都讓人神往。

親近文字，解釋文字的意義開始堆積、延續並負載情感的過程，讓我們得以回到文字最初的感動，與造字者及參與文字變化繁衍的每一個時代同觀照文字，在異想天開中展示華麗的想法，那麼當面對作文題時，必然不會腦中一片空白。

有人認為平陂陶罐中有人魚圖像是最早的原始文字，上頭的文字一眼便知是條魚，另如、也可以過目即識是兩袖翩翩起舞之姿。

文字原本便是真實的畫，西藏東部及雲南省北部的少數民族納西族所使用的東巴文字原始而傳神，你瞧，「飲食男女」在「花前月下」約會，彼此說「我愛你」，於「山盟海誓」許下終身盟約，被畫一般的文字書寫下時，簡直跟連環圖無異：

探索字的起源，恍如走入人類以想像畫下所見所聞，而後逐漸約定俗成設定符號，在歲月流逝的時間裡孳生出更豐富的意義。如「亭」，留也，築亭之處必然是風景最盛美之點，人們於之停留而流連忘返，因此後來便解為停也。〈風俗通〉曰：「人所停集」，居民於是備盜賊，行旅於是止宿也，形成民所安定的地方，「停待」一詞便指行旅宿會之館。

足見在文字的形體異變過程中，訴說著不同世代的人們對它的解讀與運用，那是生活的記憶，也是文化的存留。

名家便利貼

文字是……創作靈感的寶庫

書寫必然離不開文字，許多作家也因用心讀字而玩出趣味來，如陳大為〈木部十二畫〉從討厭寫「樹」這個字，轉為喜歡現實生活的樹，那是童年常常躲在樹蔭下，閑聽風聲鳥語的樹，遂隨著老喜歡跟童年糾葛在一起的樹字，展開一連串有關樹的生命旅程。

張曉風〈送你一個字〉中更從「行」這個字的面貌——「彳、亍」，有如左腳和右腳的交互前行，追溯至「甲骨文時代的行是名詞，是無限江山。小篆中的行是動詞，是千里行腳」。然後由此寫出十字路口的畫面感，乃至千百年來人們以這個字所行出的無數神態：

行是一個美麗的字，行者不免令人聯想到孫悟空，行路之人……。行，十字路口，這四條通衢大道全都沒口，明擺著一徑入天涯的迢遙途程。行是四個方向，他可北可東可西，他是大地之上成帶狀的無限可能……，因而可以大踏步地去衝州撞府，可以去披星戴月，可以在重關複隩，在山不窮水不盡的后土上放牧自我。

奇異材料庫

文字是……復古又時髦的繪本

運用析字法引出全文旨趣，是審題的創新之道，如居於山中之清靜隱者是「仙」、心上秋意濃是「愁」、刃在心口怎能不「忍」、人站皿前睜眼觀看是「監」。中國字中形中有無限解讀留待體會，隱地〈俗〉一文便這麼析題說意：

人在谷中——谷——兩山之間流水的低道。人若落入山谷，就會進退維谷，也代表窮困無路可走，所以人一定得設法不要落入谷中。脫俗、脫俗，人要讓人覺得不傖俗，一定要從谷底爬出來，才能看見前面的路。人在谷中，永遠目光如豆，思想當然狹窄，成為人間俗物。

六書中，無論是獨體之文或合體之字，都似圖畫、如故事，耐人尋味，寫作時以字的意義延伸思考，是相當有效的立意之法：

以貌取義觀其形（象形）：日、月、晶、山、川、州、水、云、屮、木、田、气、申、鹿、馬、隹、鳥、烏、魚、龜、象、鼠、豕、犬、虫、它、燕、朋、牛、羊、象、火、其、几、巾、斤、刀、冊、子、女、母、夫、工、羽、口、耳、自、目、齒、止、肉、呂、弓、衣、瓜、皿、戈、力、戶、矛、毛、巫、車

招其魂魄觀意象（指事）：立、回、甘、旦、丄(上)、丅(下)、牟、本、末、赤

拆解零件見其義（會意）：甜、岔、裹、望、尋、盜、監、益、武、監、休、春、鬥、盥、看、暮、靈、聖、嬰、祭、拜、里、男、飲、明、男、仙、林、森、囚、見、好、

縣、卉、莽、祝、禮、祭、焱、众（眾）、犇（奔）、鱻（鮮）、磊、猋、淼、蟲、轟

聲形相依知音讀（形聲）：江、梅、材、郡、鄰、郊、邸、國、圍、園、圓、囿、懸、募、暮、沐、錢、淺、箋、賤、亭、停、祀、齋

創新望遠鏡

文字是……小叮噹的任意門

善用中國文字特殊的圖畫性、立體感，不但能顯示出自己對文字的感情與解讀，更能發揮文字的作用，而展現不同世代中對文字的運作。如乾隆皇帝運用合字為上聯以難紀昀：「寸土為寺，寺旁言詩，詩曰：『明日掛帆離古寺。』」孰料聰明的紀曉嵐應聲答道：「雙木成林，林下示禁，禁曰：『斧斤以時入山林。』」

時下流行的「囧」字本身的結構，顯示出一種困窘，疑惑，尷尬的表情，無怪乎瞬間成為熱門字眼。

以下是幾種運用文字的方式，不妨順此方向為心儀的字寫短篇文：

一、分合之間變化多

凍雨灑窗，東兩點西三點；切瓜分片，橫七刀豎八刀。

踢倒磊橋三塊石，打通出路兩重山。

古文故人做，日月明空曌。

二、部首歸納總其類

木、材、林、森；中、草、卉、莽

繼、續、緒、紀、紛、絨、絲、綴、編、緞、緣、縷、綁

三、同聲相和的隊伍

忙盲茫、淺錢箋賤、卑婢埤睥、敝蔽弊斃、俊峻竣駿浚悛

四、字形相近之玩味

笑「靨」、夢「魘」、貪得無「饜」

心無旁「騖」、趨之若「鶩」、好高「騖」遠

五、字與字間的對話

呂對昌說：「和你相比，我家徒四壁。」

木對束說：「別以為穿上馬甲我就不認得你了！」

丙對兩說：「你家什麼時候多了一個人？」

大對爽說：「就四道題，你怎麼全做錯了？」

卓對罩說：「戴什麼頭巾，想裝賓拉登啊？」

乒對乓說：「你我都一樣，一等殘廢軍人。」

兵對丘說：「看看戰爭有多殘酷，兩條腿都炸飛了！」

陳黎便是運用行陣之列「兵」、斷足之殘兵「乒」、「乓」、成墳之「丘」排出一幅血淋淋的〈戰爭交響曲〉。

文字工作坊

文字是……巫師手裡的魔法棒

選一個字作為想像的平台吧，那或許是心目中最美的字，或是內心渴望追求的字。抑或是無法面對極力逃避的字，無論以什麼樣的心情，當你寫下一個字，它便是故事的起點：

在我心裡，永是最美的字。

王羲之習「永」字就花了十五年的時間，因為看似簡單的筆劃裡，其實涵蓋寫字的基礎：側、勒、努、趯、策、掠、啄、磔。

永字是個生動的象形字，畫出水流曲曲折折的樣子，本義為水流長。水流曲折靈動，水流千變萬化，永字表現出水流線條的細緻美，一道直流而瀉的水柱、一道彎彎的細水長流，一道由細水匯集成寬闊的水流。

永字，也足以展現中國字的力與美，蜿蜒的線條透露出剛勁的氣韻，讓我看到了中國超凡的藝術美學。

（景美女中．黎育如）

佳：善也。

「佳」字的形象是一個人身上配戴著玉，那樸美、尊貴的玉，並非達官貴人可以配戴，而是真善美的象徵。詩諲有云：「言念君子，溫其如玉。」玉之美在色光潤，聲舒揚，溫潤晶瑩、紋理細密所以古人將玉象徵君子之德操。

質瑩潔之美石名之曰圭，即君子之德，也就是人內在本的外現，佩戴在有德行的君子身上，便顯得優雅雍容；反之便更反襯其人奢侈汙穢。

所以「佳」，不是人人配得上、人人用得起，這個字是有靈性的有撿擇的，需待才德兼備、名實相符，才構成一幅人間好風景。

（景美女中・陳敬佳）

如果從一個字，找出一群家族表，如維芃串聯「絳、紫、紗、絆、絡、緻」等糸部關係綿密的字家族，也能編織成一段意想不到的敘述：

她，是我見過最美麗的女人。絳紫色及腰長髮披於左肩，像神祕面紗隔絕世界與她之間的距離。儘管我多次試著和她聊天，但她冷淡靜默，唯有當一絡長髮絆住視線，她輕輕撥開時，才露出難得一見的精緻臉龐。

（景美女中・賴維芃）

貼心小叮嚀

文字是……過去未來的形容詞

日本年度漢字由二〇〇一至二〇一〇年分別是「金、戰、歸、虎、災、愛、命、偽、變、新、暑」；中國大陸「漢語盤點二〇〇七」年度關鍵字活動，「漲」、「民生」、「油」、「全球變暖」分列年度國內字、國內詞、國際字、國際詞第一。這些問題依然如是人們心頭之憂。

至於台灣二〇〇八年是混亂的「亂」，二〇〇九年則為盼望的「盼」。二〇一〇年提供「祥、平、穩、淡、平、穩、豐、愛、漲、省、福、欣」等四十個漢字，民眾挑選最能代表台灣字是「淡」。二〇一一年環保聯盟以「慟」字，反映三一一福島核災、全球暖化導致災難頻傳。上班族票選，一舉奪魁的關鍵字是「忍」，真是道盡其心聲，另一個是被選與臉書有關的「讚」。這些字，無不反映當年社會心理；從走過亂象的盼望到淡然處之，雲淡風輕的平淡，否極泰來的淡薄。

年度字不僅反映社會心態，更是沉澱心情、整理自己、思考未來、重新出發的點。屬於你內心的字是什麼？哪一個字足以概括這一年的世界？二〇一一年大學指考便以「我可以終身奉行的一個字」為題，讓考生思索哪一個字足以作為人生信仰。

有人就「悲」詮釋人生無常」，進而轉「悲」為「慈」，標舉慈悲的人生哲學。也有人闡明「樂」字，既是藝術性的音樂，也是心靈愉悅的境界。

玩詞

分解式拆字法

不按牌理出牌 突破下筆習慣

「創造」和「自我突破」就是深刻的學習歷程，其中關鍵不在元素，而在於創作者對其命題的解釋與想像，讓「立意」以更精巧別致的方式律動。

是以創意的關鍵不在什麼時候想？什麼地方想？而是想什麼？特別是「怎麼想」。而想的方向不僅在從前是什麼，為什麼如此的事實，更在想還有什麼可能？反面思考或操作會如何？

如果能不以牌理出牌的方式激發自己以彈性、幽默的角度發現自己的藍天、跳脫現實固有的想法，轉動學習動力，那麼創意便會像阿米巴變形蟲，愈變愈多。

以作文而言，拿到題目時通常會以整個文句作為思考的方向，因此往往難以逃脫固定的模式。若能將題目拆解為幾個部分，就核心基點擴散式思索，將會引發出更精確而深入的材料，如基測預試題「我看追星族」、「一個屬於我的理想房間」，如果分解開來，則會發現主題必須扣緊「追星族」和「房間」這兩個名詞取材，書寫強化處在「我看」及「一個、屬於我的、理想」。如此不但能輕而易舉地確定思考的重點，將思緒集中於此圓心拉出敘述，更藉詞語拉開取材的空間，擴展立意幅度與新意。

寫作工具列

名詞能……撞擊創新的組合

從多角度想問題、將變化做不同組合，可使想法互相激蕩，發生連鎖反應，以導引出更多意見或想法。生活中將異質性組合而創新的例子不勝枚舉，如香蕉船冰淇淋、馬鈴薯三明治、電視加電話變3G視訊電話、腳踏車加引擎變摩托車、電話加電腦加照相機化身為iPhone……同樣的，把詞語任意連接，也能幻化出迥異於尋常思維的詩句，如：

名詞的名詞：天空的筆記本、月亮的青春痘、風的眼睛、水聲的表演

形容詞加名詞：固執的筆記本、不知天高地厚的夜光杯、虛偽的彩虹、盤根錯節的表演、誇張的青春痘、扭曲的眼睛、迷幻的留聲機、粗糙的心事、藍調的水族箱、走散的日光、猶豫的帆船、慵懶的椰子樹

加上動詞：照片是回憶的走馬燈、家是人生的車站、沙漠是法老王的家、螢火蟲的淚痕是掌心的夜光杯、車站的一罈心事是月光的留聲機

當原本不可能在一起的名詞被配對時，竟成為出乎意料的意義，例如當討厭的青春痘與月亮形成「月亮的青春痘」時，可以指月表面的坑洞，或是月亮煩憂的心情。可見放棄世俗定義的方式，遂擁有無邊創造的可能，在把玩尋覓間發現每一個詞語的趣味與生命，而讓筆下的書寫有了豐富的面向與創新的觀點。

名家便利貼

名詞能……拉出記憶的版圖

從一個名詞開始在腦中搜索這個物品的種類、形狀、外貌、用途、特性，就像聖誕樹上一盞燈帶領出另一盞亮光，串聯成段，接著再從與這名詞相關空間、時間、人事、文化鋪墊為厚實的內容。前者如柯裕棻〈文具〉，歷數琳琅滿目的文具功用；後者如李明璁〈明信片〉由輕盈的身軀轉而稱讚它能承載一個城市、歷史以及記憶的重量，讓我們在每一次閱讀明信片時，都彷彿與那曾經行經的圖景再次相遇：

文具行是一個愉快的場所，它簡單、多彩而且豐足，它裡面所有的物品都有明白的功能，都許一個完滿解決的承諾。每一枝筆看起來都像

是更端正的字，每一本筆記像是更清楚的知識，每一捲膠帶是更緊密的連結，便利貼是更有效率的小抄，檔案夾是更有組織的分類，長尾夾是更穩固的堅持，還有更多說不出所以然的小東西，怎麼看都猜不出用途，但它堂而皇之堆在那裡，就自有其存在的必要和理由，不可小覷，正如同0.38和0.5的筆芯那麼斬釘截鐵的不同。

（柯裕棻・文具）

明信片如此輕盈，是旅行中最沒有負擔的紀念品，但它承載的東西卻可能頗有重量。像只小杓子般，它輕輕瓢起了一匙沉甸甸的城市歷史，以便讓我們吞進自己的記憶之海。明信片上原有的圖，和你所填上的字，都是一次精巧的取樣、一輪機遇的對話，或一個呼吸的注腳。

（李明璁・明信片）

奇異材料庫

動詞能……框架人生的風景

名詞除可以單獨玩味，還可以加上不同的動詞，並隨著想像主導動作的人、景、地、情，衍生出無限的面向，如：

明信片：買明信片、寫明信片、寄明信片、收明信片、送明信片、畫明信片、讀明信片、貼明信片、展明信片、印明信片、藏在瓶裡的明信片、躲在戰火中地下室寫明信片、寄不出去的明

信片、繪有祝福圖案的明信片、同學會的明信片

鏡子：玩鏡子、照鏡子、擦鏡子、摔鏡子、掛鏡子、買鏡子、送鏡子、賣鏡子、做鏡子、找鏡子、放鏡子、借鏡子、對鏡子的自戀、望穿鏡子的寂寞、閃爍煙火的鏡子

是否覺得因為動詞而帶出不同的狀況與情節？在心中是否浮現如《海角七號》、《未婚妻的漫長等待》、《哈利波特》等劇情？

除卻單純的動詞，還可以巧妙地與各色各樣的元素連結。

如地圖本身所見的高低起伏、稜線、經緯線、等高線，加上動詞與種類、人物時，變得豐富而多元，可以展現個人的生活，也可以結合他人的經驗，如：看博物館圖、玩購物圖、撕遊樂園圖、畫地圖、貼捷運系統圖、找公路圖、買區域地圖、拿旅遊觀光圖、印古蹟圖、搜尋賞櫻圖、以石頭樹枝在沙土上立成地圖、哥倫布遇見鄭和的地圖、小時候的塗鴉藏寶圖、葡萄牙畫的福爾摩沙地圖、舒國治的京都地圖、徐志摩走過的康橋地圖

以「地圖」所激蕩出的素材中，有地圖經緯、方位的功能性，也有透過地圖畫分的權力、地形變動、文明進展。讀地圖上人類所畫出的疆界地標、切割自然面貌所標示的文明進程，以及背後述說野心偏見仇恨所燃起的戰火屠殺，使得地圖不僅是一張圖，不僅是記憶，而是時間與空間。

由上顯見以一個名詞為圓心放射狀地發揮想像，讓天馬行空的點子刺激靈感向遠方奔跑。於是「地圖」從生活中的事實，眼前所見的實體，轉而為抽象地圖，是人生指南的方向，是價值標竿，以偶像為典範的心中地圖……

創新望遠鏡

名詞能……揉捏奇異的想像

從上述各種動作中，鎖定一個自己最有感覺的動作為焦點展開想像。以「玩鏡子」而言，可就玩的方式切入，也可從玩樂的狀態與心境呈現，如：照在牆壁上光的皮影戲、倒映在迴廊的玻璃窗、燭火與手的情話綿綿、自戀的水仙、揭露真相的底牌……由經驗到抽象，由實而虛的思緒便神奇地牽扯出一段精采的敘述。

另如以「高腳杯」為模特兒的造型：紅酒搖晃的暈眩、窗台上孤芳自賞的風景、失戀與暗戀的透明驕傲、等待脣印的背影、玻璃櫃的木乃伊擺飾……

文字能……變出驚人的魔法

從生活經驗中「延伸」、「深化」、「廣化」，賦予詞的新意義，另則由既有經驗發現新經驗，便能確立題材的意義，在自我情思投射的線索間交錯穿梭為文：

小時候，地圖是我百玩不厭的玩具。白紙上，外公用蠟筆畫出一條條彎彎曲曲的線索，我沿著記憶帶著好奇，一步步找出實物所在，有時是一塊糖果，有時一張貼紙。童年裡，外公跟地圖的搭配就像是偉大的魔術師與神奇的白鴿，變出我生命中無所不在的驚奇！

上了學，地圖成為我的老師。經線、緯線、數字、方向，彙成一幅深奧而偉大的巨作，寥寥幾筆，就帶出一個概略的地標位置，或是彷彿空中鳥瞰的全圖，但對毫無方向感的我來說，地圖是我的救星，也是剋星。

地圖陪伴我成長，也記錄我的腳步。但是，我心裡一直找尋自己的地圖，前方有著無數條抉擇，而我卻只有一次的機會找出我的路。誰來為我打氣？誰來指引我？誰來為我畫一幅地圖？答案是我自己。我將憑藉著過往的經驗，累積的知識，堅定的心情，慢慢地鋪出一條與眾不同的路，一張專屬我的地圖。

（景美女中‧陳均旻）

余光中不但愛收集地圖，更愛寫地圖所聯繫的旅途、鄉愁，均旻則以地圖寫成長，現實中的地圖從在記憶裡被緩緩捲起存放，也被許多人事情節改寫。另一篇則以診所的小醫藥袋，愛戀之意溢乎其間：

我喜歡收藏小診所的小藥袋，小巧玲瓏又方便攜帶，夾鏈袋的設計更讓我愛不釋手。上面印著「祝您早日康復」的字樣，看診日期和患者姓名都是藥劑師一筆一劃寫上的，比起大醫院冰冷而制式化地以電腦打字出密密麻麻的注意事項。我喜歡看護士在這可愛的藥袋上邊寫邊叮嚀我藥品內容、用藥說明及須知、副作用等等事情，那慎重其事的神情就像天使。

每次服用完裡頭的藥包，我總迫不及待地將染透夢幻色彩的糖果裝進去，有時還會裝進和死黨充滿回憶的小紙條、美麗的紋身貼紙、指甲彩繪用的水鑽和可愛小花貼……。就這麼，我在小藥袋裡裝進美好的童年，珍貴的回憶，裝進每一刻微笑時的真誠真心，也裝進壓抑在心底的少女情懷，裝進滿滿的祝福和溫暖的友誼……。

（景美女中‧胡培倪）

貼心小叮嚀

「要到人類無法到達的世界」，這是《星艦迷航記》的開頭，作文何嘗不是如此？但若不能拋棄對世界既有的看法，不能忘記規則，便無法「見人之所未見，發人之所未發」，出奇制勝。

有人說創意像樹上的蘋果，與其拿個籃子在樹下空等，不如勇氣地撞擊新的可能性，以文字構築自我創造的世界。依著以詞語開展的想法引出的寫作材料，順著這些焦點立意，何愁不能帶出創造性思考方向?!

玩序
分類式並列法

構思
是一系列的加工

「生活經驗的素材要經過綜合、改造、發展這樣的一系列加工，然後成為作品的題材，這一過程，我們稱為『構思』。」這是大陸作家茅盾在〈關於藝術的技巧〉一文中的定義，說明構思是在提筆寫作之前，對於文章內容、形式、文體、寫作重點與技巧的總體設計，顯示創造過程其實是非常複雜的思考活動。

如果將大腦比喻為電腦，平日所經歷人事物景的意象、所覺察感受的情緒想法、所學習接觸的知識概念，便是硬碟庫存的檔案資料。在構思過程中，大腦主動發揮搜尋的作業系統，將相關的元素或畫面跳出，接著便是重要的整理程序，將點狀的資料匯集成脈絡。如村上春樹〈聽風的歌〉：

很久沒有聞到夏天的香氣了——海潮的香，遠處的汽笛聲，女孩肌膚的觸感，潤絲精的檸檬香，黃昏的風，淡淡的希望，夏天的夢……但這簡直和沒對準的描圖紙一樣，一切的一切都和回不來的過去，一點一點的錯開了。

作者並未將夏天的記憶一一鋪陳，而採取將一張張圖片的畫面像相框般懸掛出來的方式，但讀者自然可從「遠處的汽笛聲、女孩肌膚的觸感、潤絲精的檸檬香、黃昏的風、淡淡的希望、夏天的夢」這些檔案名，感受到曾經發生的美好情事。這種將事件以發展順序、感覺輕重、性質本末、實虛角度多向構思、分類並列的方式，讓我們可以在寫作時有意識地充分發揮思維的優勢。

名家便利貼

瓶瓶罐罐 裝進生活的調味

以排比句型堆疊變化，不但可以形成聲韻之美，也能使內容在層次之間展開豐富面向，如隱地〈瓶〉一詩其中兩小節，取材於生活中的酒瓶、調味料瓶，從裝的內容，推展至作用與人生現象：

我是瓶

我裝酒
我有千種風貌
我可以使地球上一半的人醉
改變另一半人的命運
我是瓶
我裝醋　我裝麻油　我裝胡椒粉
我替滄桑人生調味
暫時忘記人間愁苦

抓藥包藥
旋律流動在指間

除了像摺扇般展開的多面向立意，也可以選擇一個重點放射出深淺不同，感覺與觀察交錯的畫面。

如李欣倫〈城〉一文著重於手的觸感，將父親對藥草熟練的情感表露無遺，指揮家與喚醒藥草的畫面，更深刻地呈現一幅和諧幸福之境：

喜歡看爸抓藥。上百種草藥收納於木櫃抽屜或玻璃罐，他總立即尋出，拉開抽屜，一手持秤，一手迅速抓藥，將秤中草藥等量置於紙上。我總覺他和藥草存在非言語、表情的默契，藉手的溫度、觸覺感應他們。爸像指揮家，循藥譜點名，棲眠於罐中、抽屜的草藥睜眼，隨隱形旋律舞唱，停在指間、藥袋，待燉熬時釋放靈氣。

奇異材料庫

表列要點 展開意義的串聯

面對題目，若能以表格掌握立意的方向，不僅能將混亂繁雜的資料整理有序，而且能藉以確定寫作重點。

以寫「我」為例，寫作的方向不外乎長相、家庭、個性、習慣、脾氣、興趣……等，各人可取幾個要點列於表格中，另將想到的類名也標誌表中，接著展開意義的串聯：

我	長相、穿著	個性、習慣、動作	興趣、嗜好	能力、志向
以動物相比	孔雀：與眾不同 蝴蝶：浪漫唯美	獅子：凶猛、自信 猴子：頑皮、靈敏 豬：安逸、順從 螃蟹：不畏艱難、愈戰愈勇、機靈積極	海豚：打球、游泳 模仿、變魔術	燕子：想法新奇、對氣息敏感，引導潮流的創造者、發明家
以植物相比	黑板樹：線條簡單俐落	松柏：堅持到底擇善固執	做卡片、閱讀	爬藤：擴張人際關係與學習網
如果是卡通、漫畫人物	一休和尚：機智果斷	變形金剛：隨機應變 武士：自我約制	灌籃高手、蜘蛛人：身手矯健	偵探柯南：觀察入微追根究柢 超人：吃苦耐勞堅毅有恆
以顏色比擬	銀：奇幻自信	紅：唯我獨尊	藍：逍遙自在	黃：生機盎然

表格加上意外的組合，與自我解讀附會，形成新鮮而豐富的藍圖。王文華《蛋白質女孩》一書中將台北的男人分成三種：「蒼蠅、沙魚、狼，遇到他們，你會了人和禽獸真的沒什麼兩樣；台北的女人則被分成三種：冰箱、熨斗、洗衣機，追求她們像使用電器，一不小心就會遭到電擊……」這新穎亮眼的形容正由不按牌理出牌而創造出來的！

面對敘述性的題目，如「我最快樂的事」、

「我最喜歡的校園時刻」、「動人的笑」、「用餐時分」（以上均為國中基測試作題）、「那一刻，真美」（97-1）、「當一天的老師」（97-2）……這類生活中的事件，寫作重點在於人事與情境的渲染，取材方向及創意組合列表如下：

創意比喻	鏡頭一 人	鏡頭二 事	鏡頭三 時	鏡頭四 情	鏡頭五 境
色——圖畫					
香——飲料					
味——菜肴					

張愛玲〈金鎖記〉便是以酸梅湯與夜漏相繫的畫面，讓流逝的時間形象化、聲音化：

酸梅湯沿著桌子一滴一滴朝下滴，像遲遲的夜漏——一滴，一滴……一更，二更……一年，一百年。真長，這寂寂的一剎那。七巧扶著頭站著，倏地掉轉身來上樓去，提著裙子，性急慌忙，跌跌絆絆，不住地撞到那陰暗的綠粉牆上，佛青襖子上沾了大塊的淡色的灰。

描述事件時可就下列表格填寫，以掌握細節：

過程		條件		狀態畫面	想法心境
起		人			
承		事			
轉		時			
合		地			

創新望遠鏡

三個方法
挖掘創新的元素

屬性列舉法：列舉所有該事物的各種特性或屬性，如「房間」中的設備、牆壁顏色、掛的照片圖畫、地板材質、門窗花樣、裝飾品的位置與模樣。

6W思考法：從為什麼、做什麼、何人、何時、何地、如何等六個問題思考。

呼朋引伴法：將聯想到的相關與不相關的元素，任意排列，如：

＊往事：夢遊＋青春＋踢踏舞＋愛爾蘭＋普羅旺斯＋茴香酒＋迷迭香＋薰衣草＋火車

＊衣服：質料＋款式＋場合＋顏色＋個性＋地位

＊生命：保麗龍＋回收＋城堡＋大海＋麻辣火鍋＋劇本＋理想

＊我的生活：夏天＋選美比賽＋諾曼地登陸＋石雕像＋賭徒

＊改善班風：爬山＋世界大戰＋陣痛＋偷襲珍珠港＋鏟冰

文字工作坊

出其不意
閃動創意的光芒

魯迅提及下筆前要「靜觀默寫，嫻熟於心」，透過屬性列舉法，讓思維凝鍊有序，敘述深刻動人，如這篇在櫥窗前欣賞杯子的描繪：

站在櫥窗前，看著杯子劇團，定格在聚光燈下，任七彩或素面的舞衣，斜斜的灑落在透明的玻璃上，好似飄浮在空中一般。有些舞者的舞衣，特別引人注目，上面綴滿了花花綠綠的裝飾，不管是幾朵花、或是幾隻蜜蜂，花枝招展得令人目眩；有些舞者，僅以一片葉蔽身，流線狀的葉身，經過一個完美的旋轉後，巧妙的在尾部挑起，霎時，高雅又簡單的握把渾然天成。有些北方來的舞者，穿著深厚厚的雪衣，光看那外表，就能嗅到咖啡濃濃的香味了。還有些舞者，毫不害臊的暴露出一身幽雅的弧線，又細又薄的杯壁，搶眼的站在聚光燈下，散發誘惑的香氣。

（景美女中・曾馨儀）

以呼朋引伴的方式，讓連結與跳躍的材料，在寫作時因思緒的整理而成有意義的文章，例如「木盒——日本＋建築＋抹茶」：

打開小小的檜木盒時，我連氣也不敢吸，生怕紅塵取走靈性。小木盒中存放著日本旅遊的回憶，與坐在日式建築廊緣寧靜的感受，特別是那一杯日式抹茶潤喉的清雅滑潤，古典而高貴。

（景美女中・吳欣曄）

跳離是尋覓創意的桃花源之法，雖是一個誇張的概念，出其不意或天外飛來一筆的想法，卻往往是好主意的墊腳石。因為這些看似風牛馬不相及的東西，在刻意地，強迫地被串聯時，往往會發揮酵素般的膨脹作用，讓立意閃耀著奇異的材料，而形成一種潑灑想像與事實編排的敘述，例如「個性——包裝紙＋四川變臉＋面具」：

披上金黃外衣的金莎巧克力，立在暗色的棕色托紙上。百合先是繞上一層透明玻璃紙再外加輕飄的粉紅棉紙，薄如絲網的孔紙，就像蒙著面紗的女人，引逗玫瑰豔媚的姿色。我耽溺於這樣的創造，喜怒哀樂便一如酒瓶、玻璃杯、風鈴被包裹在五顏六色的包裝紙裡，收納。

波濤洶湧的我，其實多半表現得不動聲色，像玻璃紙或大紅或大紫，或七彩或半透明，除非陽光撞擊，否則那情緒便被鎖在幽微裡，就像在觀賞四川變臉，在眾人還來不及察覺之際，「唰！」變回一張素顏。

（景美女中・徐曼薰）

貼心小叮嚀

構思之中，集中焦點以增強思考力，借助比喻、類比的方式向平行面與縱向面思考，來拓展立意的廣度。練習時不妨以生活常見的東西如糖果、餅乾、冰淇淋、櫥窗、書籍、椅子、房間、紙筆、花等，嘗試仔細觀察並從內而外，由近而遠，藉物寫人等分層次的並列方式，增強文章的內容與感染力。

玩意 放射式聯想法

四面八方的聯想力

「創造」是心智活動的過程，但它不是邏輯推論的結果，也不是運用歸納法可以獲得的，它是想像的、靈光一閃的。

有人總說寫文章靠靈感，沒有靈感便腸枯思竭，但靈光一閃能觸發創作，何嘗不是源於長久的凝神觀察與思考訓練？聯想，亦即是「興」，其實是自《詩經》以來便一直被廣泛運用的表現技巧，也是人與生俱來的能力。但要達到流暢性、變通性、原創性、精巧性的特質，則必須培養出一個日久常新的思考習慣。

以下將透過作家作品其各種聯想方式，提供鎖定主題而向四面八方展開的思考路徑，藉以讓立意能廣大而富新趣。

名家便利貼

想像——化身熱帶魚　優游深海

因為空白，所以有無限可能得以填入，我們的腦子亦然，唯有當心情輕鬆，生活優閒，步調緩慢，思緒自由奔馳時頭腦最靈活、點子最多。如平路以度假的晃蕩，遠離塵世，漂浮於海水之上，忘我，而化為長著魚鰭的熱帶魚：

上星期，在菲律賓度假時，有一段時間，我在一個小島上。

小島上的一段時間，我在海水裡。

在海水裡的一段時間，我以為自己是一隻魚。

我在浮潛，這是我最喜歡的休閒活動，拋棄掉地心引力，在深海裡，跟著魚群的速度，我以為自己是一隻長著魚鰭的熱帶魚。

大朵綻放的珊瑚，紫的海星，魚身上斑紋的奇幻的色彩，那一瞬間，不會再想起人世間的各種牽繫。我就是一隻水底的魚。

絕大的自由，絕美的世界。浮力載著我前進後退，人世間的一切，被拋在身後了。

（平路．我的天堂練習）

文章以〈我的天堂練習〉為名，可見是心嚮往之的練習，因此文中以真實的小島、海水，連結「我以為」想像的情境，而這一切美好盡出於聯想這對飛翔的翅膀。

善於以恍惚的慢板捕捉瞬間甜美的柯裕棻，在微小細碎的日常生活中，靜觀揣測一粒種子旅行與成長的傳奇，於一問一答之間將看似尋常實則是哲理的片段，自然而明實地呈現出來：

母親看著隔鄰的木瓜樹說：「木瓜樹都是突然看見的，一看見，就是長滿木瓜了。」

我問：「怎麼那突然長棵木瓜呀？你們吃了木瓜，籽往那裡扔嗎？」母親笑說：「誰那麼閒。大概是飄過來的吧，風吹的？」我笑：「木瓜籽黏答答的，風怎麼吹？」母親說：「也對，不然就是鳥或松鼠給帶過來的了。大自然嘛。總有辦法。」後又看看那木瓜說：「這樣青，讓鳥吃吃也好。」

以大自然解釋院子四周的生物起落生死，似乎太過遼闊而命定了，但那確實又是自開自落的生命定律。在鄉野間，生命看似荒蠻，卻沉默、堅定，以它自己的節奏持續循環。

過雨天，稍熟的幾顆木瓜果然先被鳥雀啄食了，而且不知怎的，那籽到處四散，殘存的梗垂掛樹幹上，蟲蠅飛繞，乳白的奶汁緩緩滴落。

父親就將剩下的另外幾顆摘下來吃了。

（柯裕棻．木瓜樹的小院）

奇異材料庫

天馬行空 自由聯想

在練習聯想時，可從數字、英文字母、數學符號著手，透過形狀的連接，跳脫固定的意義，而得以放縱想像。接著再由所見物品拉出感覺性或意象式的想像，如：

月亮：家鄉、母親、溫柔、中秋節、月餅、

嫦娥、吳剛伐桂、玉兔搗藥、思鄉、李白

三角形：金字塔、頂天立地、哥德式建築、社會階層、懸殊的貧富差異

床：羽毛枕、天鵝絨床單、彈性、伸懶腰、打滾、睡眠、蜷曲的身軀、疲憊不堪的四肢、生病、愛情、承諾、私密、婚姻、枕邊細語、同眠共枕、買賣、死亡、夢、失眠、夢的海洋、潛意識的浪濤、墮落的淵藪

以圓心爲起點放射狀聯想

有別於天馬行空的聯想，放射狀聯想是以主題為圓心點，逐步鎖定一個方向展開搜索，以「圓的聯想」為例：

一、形狀＋狀態

*飛盤、飛碟、輪胎、子彈、彈珠、眼珠、眼淚、露珠、水滴、水井、荷葉、圓仔花地球儀、方向盤、羅盤、聽診器、細胞核、血管、喉嚨、水泡、青春痘

*小丑般的南瓜燈、耀眼的燈籠、令人目不暇接的走馬燈、時髦的眼鏡、照見紅顏老的鏡子、圓滑的音符、主宰身體旋轉的呼拉圈、吉普賽女郎的耳環、烙印著香奈兒標誌的銀色鈕扣

*漢堡、蛋餅、蔥油餅、可麗餅、菠蘿麵包、貢丸、花枝丸、珍珠丸、肉丸、蘋果、柳丁、番茄、柿子、哈蜜瓜、西瓜、高麗菜、切片的紅蘿蔔

*氫氣槽、油槽、磅秤、水分子、氧氣罩

*小孩胖嘟嘟的臉、彌勒佛開開心心的臉、福氣的臉、小丑的鼻子、嘟起的嘴巴、飽滿的啤酒肚

二、線條變化＋想像畫面

＊轉圈的裙襬、跳天鵝湖的芭蕾舞姿、打飽嗝的滿足、拋擲於天際的快樂因子、神仙伴侶依偎的嫵媚、浮在卡布基諾上的發泡奶沫、緩緩遊蕩的裊裊香煙、出水的荷葉像亭亭的舞女的裙、情人節夜晚的摩天輪、小石頭濺出的漣漪

三、觸感＋象徵

＊滑潤、柔軟、彈性、彈牙、QQ

＊滿分、簡單、圓滿、美滿、幸福、喜洋洋、開心、團結、歡呼的聲音、快樂的跳音

＊善良、單純、勇氣百倍、元氣十足、信心飽滿、包容、公平、有始有終、完美、不獨親其親的大同世界、共榮共生世界一家、手牽手心連心

四、藝術＋人文

圓，令人想到芭蕾舞裙，於是蹦出：柴可夫斯基天鵝湖芭蕾舞劇、被羅特巴特施咒的公主奧傑塔、黑天鵝的三十二圈的軸轉、竇加那幅名為〈歌劇院的舞蹈教室〉的畫作、交響樂默契的演奏，流瀉一室的樂音。

透過以上各種向度聯想，俯拾皆是的題材便輕而易舉地納入立意而成段落，無論是實筆的狀態或虛筆的象徵、延展出的典故藝文，都讓段與段之間折射出不同的意念而形成起承轉合的脈絡。

創新望遠鏡

四個方法
讓聯想開枝散葉

聯想，就是由一事物想到另一事物的心理現象，目前研究者建議的擴散思考方法有：

資料快速存取：就主題將腦中閃過的任何資料寫出，然後去蕪存菁，歸納整合，從中整理出可再聯想的元素進行進一步的連結。

心智圖法：是以圖像為基礎的擴散思考模式，這種結構化聯想方式運用左右腦的影像與邏輯，由主題往外拉線，把聯想到的概念用關鍵字迅速寫下；各分枝的層次從中心向外，利用顏色、圖形、字體、大小、層次和符號盡量顯示重點。

故事聯想法：從人、事、時、地、物展開聯想，並透過因果關係整理出情節變化。

符號類推：這是運用符號象徵化的類推，例如：S立即可感受曲線、身材曼妙……

文字工作坊

跳脫現實
讓聯想展露亮點

一方石頭，讓你想起什麼？堅硬的建材、裸露的地基、無聊時踢弄的玩具……這些聯想固然正確，但形之於文，顯然新鮮感與亮點不足，若能往抽象面聯想，並組織為句，如：河畔的鵝卵石流紋，描過千言萬語的永不妥協、心中不移的磐石懸吊著水晶玻璃的夢中情人、烽火血染的黃石怒吼著無語問蒼天、仰天長嘯的石中劍劃過歷史的唯我獨尊、鏡中垂淚的琉璃斜織著眸心的一簾幽夢……透過這些意念，落筆成詩：

盤坐　默想
以一抹亙古不悔的堅定
望向天
塵囂落定
輪迴　轉世成眉宇間的固執
一如面壁的　達摩
靜待花開花謝
風　起
諦聽天地的神話
風　落
刻磨紅塵的怨懟
年輕的狂妄
化做豔霞一波
落定在
年老深謀的青苔上
我　孤傲
笑天地的混沌
我　謙卑
默紅塵的無常
南柯一夢
天地間本無有無
嬉　笑　怒　罵
貪　嗔　癡
一笑　泯恩愁

（景美女中・莊雅筑）

雅筑以石寫面壁的達摩、無常的紅塵與南柯

之夢，讓石脫離現實界的存在，而成為鐫刻人生的碑石、成就頓悟的觀者。雅軒則遠離一般人寫水之用與水之德，轉而寫受洗的畫面與意義，展現出與眾不同的立意取向：

用手掬取一小盆水，按在頭上，一顆顆大小不等，曖曖含光又晶瑩剔透的珍珠，沿著黑髮墜落。一隻隻小小傘兵，摔落地面，立即成了特種部隊，鑽入了沙地，在地上留下了陰影與一點點涼意。

公元前，施洗約翰就已經在約旦河為眾人施洗，在歷史中，有很多先知被神的靈感，述說的預言，而施洗約翰是直接「預備主的道，修直祂的路」。洗禮成了一種宣誓，也象徵了一個新人的誕生，因為被洗淨，就和水一樣透明無瑕，澄澈得很乾淨。

（景美女中・鄭雅軒）

貼心小叮嚀

創造
是原始的自我表現

看到「塗鴉」這兩個字，腦中會浮現怎樣的畫面？是部落格的心情塗鴉？是把關漢卿變身成機車少年的課本塗鴉？是工地圍籬上附有手機號碼的「找粗工」字眼？還是風景區中某某的到此一遊？或者是河堤、高架橋與西門町電影公園附近出現的噴漆大作？塗鴉也許是人類最謙卑而無所不在，值得研究但也受到忽視的一種活動。史前人類就在洞穴的牆上塗寫，那是他們說「我存在」、我寫故我在的一種方式。

這是台大城鄉所演講活動的廣告，從塗鴉聯想出來的意念，豈止是滿牆繪著情緒、想法的符號，更是存在的宣言。

「創造」便是這樣原始性的、自主性的自我表現。PISA題中也出現對塗鴉的討論，有一派認為：

> 為了去掉牆上的塗鴉，這次已經是第四次清洗學校牆壁，這真的使我氣極了。創作本來是值得欣賞的，但創作的方式不應該為社會帶來額外的開支。

另一派則以無孔不入的廣告何以為人接受？同是表述自我的塗鴉卻被汙名化，進而舉服裝界運用塗鴉為潮流的情況反擊。將塗鴉與廣告並置、塗鴉與服飾結合，都是聯想：

> 社會上充滿了各種各樣的溝通方式和廣告宣傳，如公司的標誌、店名，還有矗立在大街兩旁的各種擾人的大型廣告牌。它們是否獲得大眾接受？沒錯，大多數是。而塗鴉是否獲得大眾接受？有些人會接受，但有些人則不接受。
>
> 誰負責塗鴉所引起的費用？誰最終負擔廣告的費用？對，就是消費者。那些豎立起廣告牌的人事先有沒有向你請示？當然沒有。那麼，塗鴉者應該要事先請示嗎？你的名字、組織的名字，和街上的大型藝術品，這些不都只是溝通的方式嗎？
>
> 試想數年前在商店裡出現的條紋和格子花服裝還有滑雪服飾。這些服飾的圖案和顏色就是直

接從多采多姿的牆上偷來的。可笑的是，這些圖案和顏色竟然被欣然接受，但是那些有同樣特色的塗鴉卻被認為是討人厭的。

玩喻
比方式故事法

打破實際形象
進入想像世界

作品所提供的「想像世界」是創造其藝術性與感動性的基石，它讓我們得以突破現實緊緊捆綁的藩籬，而飛向無垠的時空。比喻正是打破實際的形象而以扭曲、摺疊、變異、延展……等種種方式豐富文字、色彩或圖像所顯示的技巧。

就定義而言，比喻是用一種或幾種具體、生動、形象相似的事物打比方，藉以說明及論證抽象、深奧的論點或描繪心裡的感受、畫面的狀態、情境。

據說英文的「巧喻」和義大利「協奏曲」來自同一字源，因此運用比喻描述或論證時，要注意喻體與本體之間的聯繫，才能達到感染力；同時應當恰到好處地說明被論證事物的特點，才能使人容易明白所說的道理。如李商隱〈無題〉：「相見時難別亦難，東風無力百花殘。春蠶到死絲方盡，蠟炬成灰淚始乾。」以春蠶、蠟燭比擬生死不渝的感情及痛苦煎熬的相思，不僅在意象構成畫面感，也深刻地表露出堅定的感情。

至於故事，原本就是藉以傳遞想法的方式，如寓言之寄託道理、小說之呈現世象、論說之引證說明，與比喻合而為一將能使立意更豐富而具有震撼力。

名家便利貼

孤獨——沉如鐘聲　輕如星光

人會因為各種狀況而萌生感情的波動，有些時候連自己都不曾察覺，往往在靜默時或在某個機緣中，那份在心中隱然的情緒方驟然浮現。

那感受抽象而難以敘述，如果藉著還原當時的場景、氛圍，選取一些具體的物象作為比喻，那看似縹緲的心情於是被文字捕捉並傳達。如以下書寫孤獨與一種心靈澄澈的狀態：

割捨一個相互取暖的世界時，孤獨便無端襲來。它沒有聲音，沒有顏色，沒有氣味，卻具有質感與重量。孤獨的質感無法丈量，但可以使人觸及它的寬度與厚度；寬如荒野的空曠，厚如大海的蒼茫。孤獨的重量也許無法磅秤，使人不知如何承受；有時沉重如教堂鐘聲，有時輕盈如子夜星光。當它降落在脆弱的心房，一種不能言宣的情緒得不到排遣；如果不是使人泫然欲泣，不然就是哀慟欲絕。

（陳芳明．孤獨是一匹獸）

蔣勳《孤獨六講》中說：「孤獨是一種習慣，一種貼近，一種最親密的說話方式。」也有人說孤獨是眾人的喧囂。

孤獨可以是寂寞的，被全世界遺棄的感覺，也可以是獨樂自在的情境。這段描寫以孤獨無聲無色無臭無味，與其無法丈量的厚度、重量形成對比，在漫天蓋地的形容比擬之下，將孤獨籠罩盤旋於心中的巨大壓迫感深刻地表現出來。

心靈——透明如洗　淨如水草

相形之下，這篇以水草的意象具體呈現在洪水中，沒有負擔而又沒有重量的狀態，輕鬆而愉悅：

我像一片斷根的水草在太平洋不即不離的隈隩裡飄蕩，在彩色小魚群中顫抖，在珊瑚礁間搖擺，而終於慢慢地，像水草一樣，在大海不可拒絕的激情舐吻之下，嘩啦嘩啦，嘩啦嘩啦，我被洗得乾乾淨淨，透明的精神，無重量的靈魂。

（楊牧．藏）

奇異材料庫

尋常畫面裡找出情思綿綿

用來作為喻體的事物，應當是為大家所熟悉的、具體的、淺顯的，如此才能既通俗又生動地說明另一個事物。

事實上，在顯而易見的畫面中，也可以因為敏銳的感受而讓情思綿密，景物豐美，如：

曲線：是淘盡千古風流人物的波浪、如吹過麥田的風、拉攏的窗簾聚攏為謹慎的曲線、陽光灑在拾穗的女人身上，形成溫柔的曲線、飄飛而下的落花似曲曲折折的線條、橫空霹靂的閃電，在黑夜裡豪氣地劃出一道道巨大的曲線

飄浮的白雲：如抖落一地的木棉花絮、似漂泊無依的浪子、令人想起浪跡天涯的吉普賽女郎、自在如河上或薄或厚的冰雪、那蓬蓬鬆鬆的棉花似鼓著臉的水母、像風的戀人

空白的黑板：是張著大嘴的巨人吞噬粉筆，將人吸往神祕的黑洞、是真實與虛構的競技場

太陽光透過玻璃窗照在在桌面上：拓印出金黃色幾何圖樣，如教堂彩繪玻璃繁複的線條，有些曲線超越了所有想像，大膽地一口氣橫切過畫面，有些線條以充滿祕密的細膩形成古代壁畫。它既似命運預言的符咒，又像被拉長的灰暗胡同，在巍巍巨嶽雕刻一尊無言塑像、那飄飛的光線彷彿紙鷂，颳起一廂情願的風勢，等待回答

創新望遠鏡

從抽象圖形中帶出事物的連結

《小王子》裡那蛇吞象的圖像是因為想像，孩童的天真讓人擁有火花般的神奇力量，足以讓單調的事物燦爛多姿。圖形所具的抽象性，提供馳騁聯想的廣大空間，因此可從畫面帶出與事物的連結點，繼而透過變化與過程等方式，擴展想像的精密度與質感。

一、感官＋畫面

從單一點，拉出曾經見過的圖景，可使意念更精緻地呈現出來，如：

＊水：春天的水田像明淨透明臉蛋，在陽光底下亮著神采

＊雲：飛機上望見的雲天鵝絨般軟滑

＊樹：冒出尖尖細細嫩葉的小葉欖仁樹，似一串串駱駝的鈴聲，輕靈、細碎

＊花：晶瑩剔透的陽光照在苦楝花上，裊裊如煙，時濃時淡

＊浪：墾丁藍天下的浪，在沙灘上留下一道道如化石般的回憶

＊青春：輕巧燕子，靈活地在舊時王謝堂前穿梭

＊孤獨：溼溼的，涼涼的蛇，冷冽沉默的窒息感，如黑暗暗的霉爛味像腐敗的傷口，滴著膿血

二、狀態＋變化

透過數段變化的方式形成層次感，築出起承轉合的結構，如：

寂寞從房間的牆角幽幽地冒出了芽，吸取房間冰冷的空氣，快速生長。伸長的藤蔓盤據著整個房間，爬上我的肩頭，緊緊纏住我每一吋肌膚，將我徹底地與世隔絕。

寂寞像一面漏水的水泥牆，淚，一點一滴不斷掉落，慢慢侵蝕，卻洗不掉水泥的灰，洗不掉被蒙上的陰影。

寂寞是倒在草叢中的路標，在寂寞時，往往更能冷靜思考，不受旁人的左右，在雜亂中摸索出一條路。

寂寞是庭院中唯一的一朵花，獨自，卻擁有完全自我。

帶著色彩、畫面的情緒，往往更能捕捉糾結於內心的層層波動，如：

打翻一罈醋，也打翻了染缸。

紅色染料劃過，憤怒之火燃起；咖啡色流過，一陣苦澀在嘴裡升起；灰色飛過，替眉毛上了鎖；藍紫的低壓糾結著喘不過的心；再也禁不住氾濫的色調走樣，最後的深藍滑過敵意，帶出眼眶裡的淚水。

花了的妝和心糊在一起，班雜的色塊激起一陣酸意。

三、誇大＋逆向

卡通、漫畫之所以吸引人的原因之一便是「誇張」，無論是誇大動作、個性或形貌，都是為了讓主角搶眼。李白的「白髮三千丈」正是典型語不驚人死不休的「誇飾」，其結果是千古不朽，若再加上逆向操作的比擬，更能因強大拉扯而形成創意。如：

女人是一台抽油煙機，凡是有油的東西，她們都硬是要搏鬥：腰部的脂肪、臉上T字部位的油光、油性髮質的出油、男人的油水、具有各種神祕用途的精油……她們都要搾乾、消去、清除。

我也是台抽油煙機，我獨占男朋友的滑舌油嘴。

四、改變敘述者

寫作者通常以人為敘述主體，來描述所見所聞，但若能從被描繪的對象反觀人的生活現象，往往能出現出人意表的觀點，如：

電線桿是一種瘋狂的怪獸，最愛追逐每一輛向前奔馳的車輛。它擅長施展移形換位大法，緊緊跟著它鎖定的獵物，將車窗裡的眼睛玩弄於股掌之間。車子妄想加速逃逸，卻怎麼樣也躲不掉他擺下的一長列迷魂陣。

五、兩種組合

加法讓數字增進，在立意上讓兩個畫面巧妙地聯繫起來，也是使內容變化而繁複的方式，如：

時光是一節節車廂，回憶是路上的風景，留不住的每一分每一秒，卻一直被時光小心翼翼的收藏著。從車廂上望出的世界，是生命中的風景，有苦澀的絕望，也有甜美的笑容，希望的煙花。一格格回憶都在底片裡，直到再次相遇，回到時光的某一節車廂。那時，我們可以一起回味那些曾經——無論是心裡排山倒海的回憶，或是曾經受過傷的擱淺。

文字工作坊

螞蟻——陣勢壯大如十字軍

對於螞蟻，除了搬運食物的辛勤畫面、分工合作的組織特質、爬滿食物的煩惱，還可以如何描繪這一群看似渺小卻龐大而無孔不入的陣勢？

馨儀以「十字軍」東征的氣派顯現這對人類下戰帖、奉生存為聖經的螞蟻，把牠們來勢洶洶，銳不可當的架式描述得活靈活現：

一切都是從那不痛不癢的一叮開始的，不大不小的紅印，是夏天交響曲的開場白，是一疊又一疊「蟻愛呷」的訂單，更是螞蟻下的戰帖。睡了大半年，他們醒了，在沉睡了不知多久的書堆中，在眼不見為淨的角落裡，在午後雷陣雨滑落的水溝邊，在忘了夏天的冷氣管裡；他們正在進行聖遷，沒有阿拉領路，但早在穆罕默德之前，他們就隨著季節光影的遞嬗遊走於食物和睡眠間。

不同於十字軍東征，他們沒有上帝，唯一的聖經是活命。

沒有君王、統帥，他們卻是支訓練有素的蟻和團，即使臨時起義，也能靠著蟻海戰術毫髮未損地避過現實的險灘凱旋歸來。他們無聲的步伐無所顧忌也無所畏懼，神出鬼沒的行徑蒙蔽了我遲鈍的感官，直到那點點紅印在夜半騷動末梢神經，四肢抓痕累累，白花油和綠油精成了我的香水，我才驚覺：

「螞蟻來了！」

（景美女中．曾馨儀）

貼心小叮嚀

譬喻
用舊經驗引起新觀感

譬喻是一種「借彼喻此」的修辭法，它的理論架構是建立在心理學「類化作用」的基礎上，讓人們利用舊經驗引起新經驗。

從《詩經》中的「比」到現代詩文中，譬喻讓意象具體化、深刻化。許多廣告便善用譬喻達到讓人耳聞不忘的效果，如豆腐：「慈母心，豆腐心」、房屋：「清晨醒來彷彿躺臥在水氣裊裊的煙波上，延續一場好夢」、克寧奶粉：「我以後也要長得像大樹一樣高喔」、礦泉水：「一見到你就好心情，像礦泉水清涼在心」。因此，運用譬喻可說是簡單而可發揮性相當大的寫作方式。

TAKE 4

斐然成章

蓋房子
從一個命題開始

尋常中取得材料

作文像蓋房子，首先必須決定蓋的地點、樣式、用途，然後依據所想呈現的風格選擇適當的材料，這道理用之於創作，便是審題、立意、取材。一般學生寫作文時最苦惱的便是不知如何下筆，而這多半緣於沒有材料，以致腸枯思竭，難為無米之炊，是以這系列的寫作，擬鎖定如何從普通的立意出發，尋常中取得材料；如何透過高明的技巧點化、深入的觀點呈現，形成一篇充分表達的文章。

在寫作前必須詳讀題目說明，這不僅為勾起學生寫作的情緒，提醒寫作段落重點、寫作限制，更是建議蒐羅題材方向的重要線索。如：

現在最夯的事是什麼？騎單車環島？徹夜排隊買演唱會門票？搶購剛上市的3C產品？不，都不是，現在大家都瘋當義工！

人性的光輝閃耀在為他人付出時：學校、

社區、育幼院、醫院、博物館、圖書館、科學館等地方都可以看見穿著背心，熱心服務的身影，他們或成為指揮交通的義工媽媽，或是借還書的義工姐姐、帶領病患檢查身體的義工爸爸，或是教導功課的義工哥哥……。你曾接受他們的幫助嗎？在你心頭留下什麼樣的感動？你是否也曾當過義工？

願意付出曾經工作的經驗、願意付出人生經驗、付出體力、時間來分享其他需要的人是最幸福的人。

請以「做一天義工」為題，寫那一天歷程，及所見所聞與所感。

寫作工具箱

練習——做一天義工

一、審題

題目可分「當一天」、「義工」兩個部分，前者是限定敘述的時間範圍，後者是寫作重點。基於此立意的方向必然是自己當義工的經驗，故可就為什麼想當義工？義工的奉獻精神與感人之處寫起，如史懷哲。接著順此寫去哪裡當義工，如圖書館、考生服務、打掃校園、接待外賓……的經驗分享。

義工不限形式，自己曾受惠於陌生人之經

驗，以及當一天義工的感受，可交互輝映，此時再以「義工們無私的愛，有如火炬一般照亮自私的功利社會」之類的總結，將使義工的意願與價值被凸顯出來。

二、立意取材

這社會上有許多公益團體，如世界展望會、家扶基金會、兒童福利聯盟、紅十字會、張老師、生命熱線等，他們或致力於救助孩童，或讓情緒困擾的人有被傾聽的對象，或提供預防自殺服務，使他們情緒得以舒緩，從而積極面對人生。而為人群默默服務，不求報酬的義工便是最大的推手。

「與其詛咒四周的黑暗，不如點亮一盞燭光」，「人生以服務為目的」……這正是每一位義工的人生態度，為社會無私奉獻的理念。

你曾在什麼時候當義工？做什麼事？遇到什麼狀況？從中學到什麼經驗？與人相處和幫忙他人的過程中有什麼體會與收穫？

題目標明「當一天」，看似縮小時間範圍，當然在行文上也可以「一天之初」、「過程」到「一天結束的離開」為文章脈絡，但不代表所做的事必須簡單化，因此無論當過多少回義工，都可將經驗融入這一天當中。

三、段落組織

第一段（起）：綜觀義工的重要性、個人對當義工所抱持的理想、你會以什麼樣的心情或態度開啟當義工的這一天？

第二段（承）：這是文章的重心，可就當義工的心情、如何開始義工的工作、做了哪些事，幫助哪些人、他們的表情等旁襯，以帶出你如何在當義工的過程中貼近服務的特寫鏡頭，使整個情形得以翔實而生動地呈現。

第三段（轉）：在轉筆中可就當義工後，自己對社會或身為公民責任的體悟著墨，以強化義工的形象。

第四段（合）：說明當一天義工，在內心播下的種子與感發。

奇異材料庫

一、名言錦句

*施比受更有福。（聖經．使徒行傳20:35）

*一粒麥子不落在地裡死了，仍舊是一粒，若是死了，就結出許多子粒來。（聖經．約翰福音12:24）

*義工，為貪婪自私的行為留下了身教；義工，為爭名逐利的人群散播了開示。

*慈悲是不會損傷人們的，它像自天而降溫煦的雨，落在地面上：它是雙倍的祝福；慈悲祝福施予的人，也祝福接受的人。慈悲是一顆如意寶珠，它具有療效的光芒射向四面八方。（莎士比亞．威尼斯商人）

*現在打開你的心，讓愛從心中流露出來；然後把這種愛延伸到一切眾生。首先從最親近你的人開始，然後把你的愛延伸到朋友和熟人，然後給鄰居、陌生人，甚至給你不喜歡的人或難以相處的人，甚至是你把他們當作「敵人」的人，最後則是整個宇宙，讓這種愛變得愈來愈廣大無際。（西藏生死書）

*人們不講道理，思想謬誤，不管怎樣，總是

愛他們；如果做了善事，人們說你別有用心，不管怎樣，總是要做善事；如果成功之後，身邊全是假的朋友和真的敵人，不管怎樣，總是要成功；耗費數年的建設可能毀於一旦，不管怎樣，總是要建設；將擁有的美好事物獻給世界，卻被踢掉牙齒，不管怎樣，總要將擁有的獻給世界。（加爾各答兒童之家的箴言）

二、強化說服

以二次大戰為背景的影集《諾曼地大空降》（Band of Brothers）中有句對話：「我不是英雄，但我和英雄一起並肩作戰。」可以用來形容參與義工行列的行動。

服務學習的精神，源自影響近代教育甚深的教育家杜威（John Dewey）所倡導「實做中學習」理論，使學生在服務中有學習，學習中實踐服務。當義工可以學到為他人服務的經驗，一方面將學生的教室擴展至社區，有助於學生增強對他人關心的情感，另則讓學生於服務活動中的所見所為，進行反思、討論。

目前學校已規定公眾服務時數，在生活中處處可見弱勢關懷，像端午包粽送愛心、關懷育幼院兒童、急難救助等；環保服務，如淨灘、清潔掃地、協助資源回收等，另有發揮專長的醫療服務、生態保育、資訊服務等。下筆時如對義工所做的事有廣泛性的認識，再鎖定「當一天」、「義工」，運用以下表格，將當義工的歷程清楚而有條理地呈現。

主題 What	原因 why	過程 Thing / who	方式 how	心情／感受 result

文字工作坊

好文欣賞——做一天義工

一開始我以為安養院的老人都是毫無生氣絕望的等待日子的流逝，談話的內容很容易是回想當年，並用滄桑的語氣娓娓訴說著往事，沒想到第一次見面就完全打破我原有的想像！奶奶很會炒熱氣氛，我覺得她非常有長者給人的親切感，心中默默景仰她的獨特吸引力，那種感覺就像真正的奶奶與孫女。

奶奶活潑樂觀的態度超越我對老人的想像，特別是聽到奶奶親口敘述戰後撤退來台的經過、在台灣的艱苦生活，雖然我們在歷史課本學過那個「艱困的年代」，但是親身的經歷給人的又是另一種震撼！課本上敘述的只是歷史，從奶奶口中聽到的，是最真實的體會，最最艱苦的人生。

原來一九四九年所改變的不僅是政權上的轉移，更是無數人生命的轉捩點。有些人因此成為離鄉背井的孤兒，有些人孤寂無援地在人生地不熟的台灣重新開始，不能落淚、不能放棄，為了活下去，他們在人生裡跌跌撞撞，生兒育女，打造家園，也開創台灣經驗奇蹟，這，讓我對於現在的生活，既慚愧又珍惜。

去老人院當義工之前，我每個禮拜二會去外婆家吃飯，外婆八十幾歲了，外公也已高齡九十，不是終日鬱鬱寡歡，就是疾病纏身，讓我看了於心不忍！也許人將老死就是這樣吧？等待著那一天的到來？我不曾和外公外婆深入談心，但是在老人院我找到了那段失落的記憶，畢竟外公外婆也是民國三十八年遷台的，在某些方面也算是一種補償吧！這是一項浩大的工程，要試著去理解老人，我始終覺得，與外婆聊天幾乎是個障礙，不知道隔代間的話題是什麼？與老人院的老人互動，讓我有一層新的體驗，外公外婆不曾分享的過去，透過另一種形式、另一張嘴中娓娓道來，讓我像輕輕撩起一層薄紗一般，見識了另一個不同的世界。

這一天與奶奶相處的歷程，讓我深深體會生命是操控在自己手裡的，快不快樂由自己決定。就算是走到了人生的盡頭，也始終還沒有到終點的那一刻，不應該整天悶在家裡自怨自艾，抱怨這個那個，或回憶人生的種種不愉快與難堪，讓自己更加鬱悶，墜入無止盡的悲傷中，而應該要勇於走向戶外，欣賞人世間的美好與喜悅，輕鬆愉快的享受每一天，毫不猶豫與恐懼的踏上人生的歸途。

（景美女中．洪鈞琪）

鈞琪以在老人院當義工為內容，文中並不著重於描寫服務的內容，而是就與老人接觸後，所聽所聞與自己的改變成長為軸。

文章從逆筆進入，以帶著種種猜測與不安帶入與老人接觸鏡頭，使老人的生命與態度形成反差式的效果，也活絡了整個過程。段落間加入與外婆相處情況是非常棒的對比，讓兩位長輩的生命經驗形成一種對話，服務與感動、回想與當下、體會與思考都因此落實。下一篇則是山地服務後的點滴片段：

從部落回來後，心裡還時時充滿著依戀與滿溢的情緒，像是一首唱不完也沒有盡頭的歌，有武士的嘶吼和孩子們爽朗的笑聲伴奏。

歌聲帶有著宿命的味道，帶著堅毅、疲倦、慵懶、謙卑和我美麗的幻想，歌聲唱著無窮的溫柔。四天的點滴像一場冒險的旅程，我清楚記得回望地利國小的最後一眼，陽光明亮地遍灑在每一個角落，看起來有點夢幻，心中卻清楚知道，那是真實的。

一個字，真，我想送給整個達瑪巒。我們來到這裡，體會了最淳樸的生活，回歸到了最真實的自己，城市裡我們的偽裝和打扮，在這裡對比的是質樸的笑容和隨性的態度；不自然的妝扮，在這裡都失去了原本的魔法，所有的事情都很單純，不需要理由。我們激動的跳著舞，圍著圈圈大聲吟唱，原來，生命可以這樣快樂的！

（景美女中・呂昕）

貼心小叮嚀

這類關懷社會題目，如「常懷感恩心」、「把綠色還給大地」、「流汗的滋味」、「發揮公德心」、「要從自己做起」、「人間到處有溫情」、「惜福、祝福、造福」、聯合報作文賽題「夢想中的台灣」、「生活中的新感覺」、「無聲的語言」、「生活小確幸」，國中會考作文「我們這個世代」（107）、「青銀共居」（108）、「影響生活的一項發明」（101）、大學學測「溫暖的心」（108）、「樂齡出遊」（111）……都可以此方式表現。

連連看
從一個點到一個面

鎖住方向 展開思路

無論是一個想法、一個意象或是一個題目都是文章的起始。正如一枝彩筆在白紙落下第一個動作，然後隨意念遊走成線條，構出圖案與錦繡文章。幾米《微笑的魚》源於「一個發著光的魚缸在夜晚的城市漂游，一個孤獨的男子緊緊相隨」，這個緩緩流動，低調而華美的畫面是個開頭，終而發展成故事的軸線。他如大兔子載著小女孩在空中飛翔、男孩舉起月亮，想讓離開天空許久的月亮可以回復記憶……幾米以一個個奇思異想作為構思的點，沿著點拉出線與面，最後拼接膨脹串聯出一本本迷人的繪本。

命題作文何嘗不是如此？題目是立意的匯聚、思想的聚焦點，說明敘述是立意的線索。接下來以九十八年度第一次基測寫作題為例，分別就如何判定題目重點，鎖住寫作方向、如何展開思路，拉開寫作面向，深化敘述說明，並舉範文為例，作為自我修正演練的參考。

寫作工具箱

練習——常常，我想起那雙手

在成長過程中，或許有那麼一雙手，常常出現在你腦海。它可能是親人的手、老師的手，是農夫、畫家的手；也可能是乞求的手、掙扎的手，是撫慰、指引的手……。每當你想起那雙手，心中就充滿感觸。請寫出那雙你常常想起的手，以及它帶給你的感受、影響或啟發。

這個題目可分解為「常常」、「想起」、「那雙手」，構思取材可就此三方向展開聯想，並延伸思考，以囊括材料：

一、「那雙手」是寫作重點，「常常」、「想起」是寫作範圍。

二、「常常」，於此有兩層意義：做為時間副詞的「常常」，意味在生活中常會因為某些場景、人事或物件而觸發。另則代表過去時態，也就是說所想起的事是已經發生過的人事物。

三、「想起」是表達情感上的思念回憶，可以運用「敘事抒情」、「借景抒情」或「直接抒情」的方式來帶出情感，尤其要描述過程中重要事件和場景，凸顯過程中的心理轉折、體悟或啟示。

四、「常常想起那雙手」這個題目著重於描述具體的事物，再延伸到情感等抽象事物；因此除寫人事，尚必須強調那雙手所流露的情感，與內在心理感動，以強化「常常想起」的情節，及其無可取代的特殊性。

在寫作上可透過「那雙手」的筋骨、肌肉、線條、膚色，手的動作、所透露出的情感、意志與想法，凸顯那雙手與自己的關係，以及這雙手對自己的影響或啟發。

名家便利貼

觸摸
感受手的溫度

正如羅丹說：「雕像應該是被觸摸的。」如果能透過撫摸雙手，感覺皺紋背後的生命歷程或事件，不但可強化想起那雙手的感受，也容易打動閱讀者的心，如：

母親緊緊捏著我凍得冰冷的手，可是我覺得母親的手也不暖，被風吹得乾枯的手臂上隆起了青筋。

（琦君．毛衣）

四十多年來，我去過許多地方，跟許多人握過手，看過許多不同的膚色，感受到許多不同的「手掌」的溫度。他們有粗似砂紙的，有厚實如大地的，有輕柔似羽毛的……

（劉墉．把握我們有限的今生）

我的指掌間甚至到現在，仍留著小時候靠在母親肚上的光滑膚質，以及最後在父親告別式上深深烙上指印的感覺，這是對他們永遠的記憶。

（王俠軍．觸覺靈感）

手，改變世界也毀滅存在，讓遠遠觀看的人們或者驚叫、仰望、讚歎，或者在燈火闌珊時分，默默低頭離去。手，是傳遞情感的使者，遊走在彼此的情意之間。手的膚色、膚質，指掌透露出來的心情、力道、溫度，藏含著對往昔的懷念、對人事的著墨。

透過「手」的描述，琦君寫母親持家的辛苦，劉墉以握手的觸覺隱含對這些短暫交會的人懷想，王俠軍則以指掌留存的感覺銘記永遠的失去。

創新望遠鏡

凝視
捕捉手的故事

手，曾在羅丹凝視中成為不朽，曾在向日葵的狂野裡演出梵谷。手像聲色滄桑的舞台，以勤奮忘我的姿態撥弄出人間最真實而動人的戲碼，因此若能捕捉那雙手的情感、生命狀態或精神氣質與作為，將深化手的意義與情思，如：

這隻手顯然是姑娘家的手，纖細而瘦長。隱約能摸出手背上的青筋連連扯扯，猶如群山中的小溪流，溪流翻過山頭，盤旋在山腰上，隨著山勢慢慢地迂迴往山腳流去，流向那遠不可知的未來。

（景美女中．詹蕙瑜）

深刻的紋路，細緻地密刻在陳年蜜釀的淡褐色肌理上，有種老練的成熟滋味。指腹間鑲著雪片般的小繭，那是彈奏貝斯與鋼琴混雜出的歷史圖案，可以嗅出它潛在的味道，是一種，一種類似金屬的鏽味，那是貝斯的弦滲透皮肉的味道。我握著這樣的手，在極具肉感與骨感的纖細中，看到磨練的苦味、聽到堅強的靈巧。

（景美女中．高雅君）

在熟悉細寫這雙手的溫度、線條、形貌與動作這個點之後，必須將重心放在一個中心軸線來鋪陳，如親人「溫暖」、「幸福」的人事情感，或是朋友中「失去」、「悔恨」的遺憾與省思，以及對成功者、奉獻者「肯定」、「佩服」的嚮往與崇敬等，圍繞一個主題發揮將使得文章面有明顯而亮眼的定位。

其次，著墨於這雙手所做的事、與這雙手所產生的情感。若能藉由情節完整的敘述之外，將焦點置於細節變化的狀態、內心獨白、周邊情境的鋪點醞釀、生動精準的描述時空……往往能形成深刻的印象。

在結構上則建議採取柵欄式——以時為經，以事為緯、以空間為經，以時間為緯、以物為經，以人事為緯、以人為經，以事為緯等方式與時推移，並隨著敘述者拉鏡頭的遠、近移動鏡頭，帶出抒情的長廊風景。

文字工作坊

好文欣賞——
常常，我想起那雙手

清晨的寒風灰白而無情，我一如往常地站在公車站牌，等著車。抬起頭，看到那枯黑光禿的枝幹，整個冬天，一片葉子都不剩，就這樣光著身子站在冷風中。

時間在不知不覺中消逝，再抬頭時，枝頭上已冒出小小的嫩芽。青綠的葉尖沐浴在微微陽光中，像晶亮的蜜緩緩流入透光的玻璃瓶，在這個早晨，我聽見大地新生的聲音。

但，日子並沒有因為春天而美麗。

基測把九年級的日子擠壓成一成不變的模型，晨考，自習，讀一天書，再到補習班或晚自習報到，有如絲線纏繞向紡錘，日復一日。教室裡個個繃著臉埋首書堆，壓抑的情緒像發酵的酒，濃郁得令人窒息。

就在這時候，我莫名地被捲進朋友是非之爭中，頓時陷入無限深邃的黑暗。這時，有一雙手，拉著我一同面對昔日好友的冷潮熱諷，在那尖酸刻薄的言語攻擊中護著我，幫我解釋誤會，直到一切平靜。

乍暖還寒的初春，氣溫還是很低，這雙手緊緊握著我冰涼的雙手，陪著我在圖書館念書，溫暖了我的手，也溫暖了我的心。

當我陷入無法掙脫的泥沼時，這雙手沉穩地帶著心灰意冷的我向前，在圖書館，面對枯燥乏味的教科書。當我陷入茫然不知所措的迷惘時，這雙手溫柔細膩地摸著我的頭，撫平疲憊不堪的心，陪我一起讀那讀不完的講義，幫我打氣。

枝頭上細小的嫩葉已長成翠綠的葉子，教室牆上掛著基測倒數的符咒，考試壓力，家庭的爭執，折騰得我狼狽不堪，因為這一雙手一路不離不棄的陪伴、鼓勵，才讓處在放棄邊緣的我拾起信心和毅力，勇敢向前邁進。

綠葉滿滿的覆蓋住樹木，樹木很滿足於這樣被保護著的感覺，不再孤獨。

那年，我們各自踏上不同的方向，滿樹的葉子由綠轉黃，由黃轉褐，在一陣陣朔風無情的吹拂下，落盡了。

我常常想起那雙手，想念那雙厚實的手，想念那溫柔而堅持的溫度，想念緊握著我的手向前走的曾經，想念那段跌跌撞撞卻也備感溫暖的日子。多年以後，我也必將會靜靜地憶起，有關於過去的曾經，一如十九世紀的現實主義詩人的墓誌銘一般，活過、寫過、愛過，將如谷中的百合，靜靜地開。

（景美女中．郭秦妤）

這篇文章以景為興，由外在景物引發內心思緒：「清晨的寒風灰白而無情」，「那枯黑光禿的枝幹」，善用光線及動態影像的特色，氛圍營造成功，文章內容就得以深化。

文藉著樹作為象徵，既是懷想的緣起，也是友情庇護的表徵：「綠葉滿滿的覆蓋住樹木，樹木很滿足於這樣被保護著的感覺，不再孤獨」，轉筆之間，「滿樹的葉由綠轉黃，由黃轉褐，在一陣陣朔風無情的吹拂下，落盡了」，樹成為緣盡紛飛的意象，情與景交融，餘韻綿邈。

此外，作者筆調成熟老練，在修辭上使用譬喻，如「教室裡個個繃著臉埋首書堆，壓抑的情緒像發酵的酒，濃郁得令人窒息」、「溫暖了我的手，也溫暖了我的心」……等不僅善用排比，創造形式美感，加強文句的氣勢，同時以轉化譬喻使詞采優美，意象鮮明。

八面玲瓏 從多角度觀想

多重角度 變化不同組合

從多個角度想問題、將變化做不同組合的流暢力。

舉一反三、觸類旁通、隨機應變的變通力；獨具匠心、與眾不同、標新立異的獨創力；深思熟慮、精益求精的精密力是創意的要素。作文正為鍛鍊表現的能量與反應的速度準確度，從而凸顯個人觀點的深度與觀察的廣度。

開放式題目提供寫作者相當廣闊的自由，目的在考驗創作者如何選材、運材，如何呈現自我的獨特性與開創性，藉以觀見其眼光深度、表現的密度和擷取日常所見精密串聯組合的創意。

這類運用擴散式思考所做多角度思維訓練，一方面啟發思路，引導思維方向，另則因各自取材重心與比例不同而達到「一樹梅花萬首詩」的效果。如「燈光」、「掌聲」、「新生」、

「考驗」、「十字路口」、「傘」、「門」、「家」、「牆」、「網」、「路」、「鏡」、「球」、「水」、「車站」、「走過」、「流行」、「腳印」、「機會」……等文體寬泛，可寫的題材與範圍很廣闊。

寫作時，除題面之意，尚需顧及題外之意，是以這類題目於寫作時，可藉從具體到抽象，漸層分敘使內容加深加廣。

寫作工具箱

練習——窗外

窗是房屋的眼睛，窗是車廂的一面鏡子，窗也是空氣出入的通道。

透過這扇窗，我們看見的窗外風景，有街聲人影、季節的流變……

這些動人的畫面，總是給我們美好的感覺。

請以「窗外」為題，寫下你透過窗外看見的人事物景，說明它的特別之處，以及你的感受或想法。

捕捉畫面　緊扣美好感受

想一想，在生活中曾透過窗，看過哪些美好的風景？有趣的情節？精湛的表演？置身於其中的你是否為之心動？

你是在什麼樣的機緣下往窗外看？在什麼心情下觀賞窗外的人事物景？你所見、所聞、所感有什麼特別之處？

以題目而言：「窗」是觀察的框架，因此所描述的景色、所望見的人影、所敘述的事物都必須透過窗。地點可以是書房或住家的窗外，可以是教室窗外、車窗外，或任何空間的窗外，因此所見之景的時間無論日夜，天候無論晴雨雪霧，所見無論人事景物均可，重要的是窗外有什麼？當時的心情與想法？

引導敘述中「窗外的風景，有街聲人影、季節的流變」，這些動人的畫面是建議取材的方向。因此，鋪陳這些材料時必須扣緊「給我們美好的感覺」，這是窗外景物之所以特別之處，也是感受想法的起源。

此外，可藉窗是「房屋的眼睛」，窗是「車廂的一面鏡子」，窗也是「空氣出入的通道」的提示，衍生出打開心靈的眼睛，以好奇觀望的角度，把窗外所見當成是心情的出口……

在寫作上，如果是納入眼底的風景，則必然以其色、貌為最直接的切點，因此鏡頭以畫面為主，收入色香味觸的鋪張渲染。如果是人物則捕捉面貌神態、動作神情，對話情節，以增故事之生動性。

名家便利貼

轉換視點
全景特寫交錯

窗外之景是主題，除單一焦點的描述外，不可或缺的是環顧周遭的全景式描寫、特寫其狀態，或拉遠鏡頭以仰角、俯瞰、平觀的方式描繪其境。在結構上可透過視點的轉換、景物的剪接，將多向視野羅列於一個畫面裡，把時間過程隱藏在空間轉換之中，縱橫映襯，形成有機畫面。

從以下所舉之例可見作家們分別以日景、夜色表現靜中之細巧可愛的動態，月光溫柔的香氣，以及風雨將來襲前的變化與恐懼，這些都可作為透過窗所見之景：

時間，天昏地暗，抬頭一看，黑壓壓的，滿天烏雲，盤旋著，自上而下，直要捲到地面。這種情況，在荒野中遇到幾回。只覺滿天無數黑怪，張牙舞爪，盡向地面攫來。四顧無人，又全無遮蔽，大野中，孤零零的一個人，不由膽破魂奪。

（陳冠學．田園之秋）

月光如瀑布一般，傾瀉在這朵花和葉，薄透透的藍霧自荷塘中浮起，那葉和花便像是沐浴過那牛奶的芬芳。

（朱自清．荷塘月色）

草木嬌小玲瓏，恰如小孩的眼睛清晰可愛。朝陽撒著粉黃色的光輝，把這些小草樹裝潢得新鮮妍麗，草葉上露珠閃爍，空氣中飄著清沁的草香。蝴蝶和白蛾在草叢間飛逐嬉戲，陽光停在昆蟲的小翅膀上微微顫動著，似秋夜的小星點。

（鍾理和．草坡上）

創新望遠鏡

運鏡寫景的方向

要寫出窗外之景的亮點必須把握層次，從遠而近或由近而遠鋪展，筆觸要以濃墨淡彩勾勒線條，或藉由明至幽的光影變化呈現在視點選擇上的多種變化，即使只聚焦於一二鏡頭，在視點和取景角度上要有動靜的跌宕。

例如張岱的〈湖心亭看雪〉：「霧淞沆碭，天與雲與山，與水，上下一白。湖中影子，惟長堤一痕、湖心亭一點、與余舟一芥。舟中人兩三粒而已。」由鏡頭拉至遠處的整體盡白，構成天地無邊無盡的渺茫之感，繼而逐漸推移至湖面，再到長堤之線、湖心亭之點的影，人與自然相對的渺小感，不但形成畫面寧靜之美，同時將孤獨而自足的心情融入其中。

人事物情的交錯

若選擇寫人情則可將時間、環境、人物、心情的描敘和觀點想法組織於情節之中，以表現書寫者情感與觀想。如朱自清透過車窗所見〈背影〉，將父親的穿著、蹣跚的父親如何爬上月台、如何把橘子放在地下，然後爬下月台再抱起橘子的動作一一分解敘說，並穿插內心的激動以及怕父親看見，而趕緊拭淚的波蕩。這段敘寫不僅凸顯窗外父親買橘子的一幕，更生動地表現窗內觀看者的心情。

此外，這個題目並未限定觀窗外的次數，故可以是長期觀望的窗外，或帶著好奇的偶然。內容上除透過捕捉窗外之景中的遠中近景，鋪陳窗外之境，可著墨於賞玩之趣、在生活中的位置、看窗外的心情與回想首尾呼應。在轉折之間可以「窗外是離天空最近的地方」、「是我飛翔的起點」之類的句子開啟每一段書寫，不但顯得有條不紊，在段與段間脈絡清楚而鮮明。

文字工作坊

好文欣賞——窗外

幽靜的夏日午後，窗外金黃耀眼的陽光在磚紅色沉靜不語的矮牆上灑下了珍貴稀有的金粉。神祕慵懶的黑影，漸漸的、慢慢地襲上沉睡中的深綠。輕巧脈動的純黑與沉穩內斂的純白構成了中間地帶，在黑與白相遇的剎那，晦澀難解的灰白、灰黑，在巷弄間，竟格外迷人。

紅粉緋緋的日日春、高雅芬芳的茉莉，露出少女特有的嬌羞，酡紅的雙頰引得蝶亂蜂飛，打破炎夏的寧靜。一陣帶著天空藍海洋氣息的涼風適時揚起，飄散著淡淡的潔白的溫柔，若有似無的撩人心弦。

陽光，悄悄的攀上屋瓦，斜射在蜷曲的虎斑貓毛上，兩者的色調都給人一種睜不開眼皮的昏睡感。暗橘色的疲軟的光線不著痕跡的，一點一點的滲入黃昏，像留給晚歸的人的暈黃夜燈，提醒著帶著灰白滄桑的旅人，是時候回去了……回去那閃著奶黃色調，充滿愛的歸處。

爬上一格格的月台，轟隆隆！月台震動了好幾下，眼簾下浮出一點亮白燈泡的漣漪。踏進濃濃咖啡味的木柵線，晃動的列車與擁擠的人群中，在一站站間吞吐。吸引目光的是月台上一襲檸檬黃短裙，混搭鏤空金色上衣鑲著珍珠白的蕾絲，髮絲間參雜著沉穩的暗紅與率真的亞麻黃。我疲倦的臉上黏著緊繃的黑框眼鏡，手中緊抓著星巴克的外帶杯，習慣於把夜晚寧靜的黑戳破成忙碌亢奮的白！

一陣帶著墨黑色的涼風又吹過……從容的走出車站，躲到花花綠綠的車陣中，走進那寂寞的長巷裡……

（景美女中．林宜蓁）

這篇文章在時間上分午後、黃昏到黑夜，所謂的窗外之景顯然分從室內所見之景，到捷運車窗看見的人影。作者以幾近定格寧靜緩慢的鏡頭，描寫落在牆上的光影、牆頭搖曳生姿的花意、喧鬧的蟲鳴則為這一片靜中帶來活潑的聲音。順著這動態的畫面而來的是風、「飄散著淡淡的潔白的溫柔氣息，若有似無的撩人心弦」，這句形容讓景中有情，情中有景。

次段寫夕陽，作者並不直筆敘述，反以一連串詢問帶出日將落，而「灰白滄桑」這形容將旅人的心情與處境在畫面中盡然呈現。

後段以色彩、氣味營造出的環境氛圍與心境

扣合，描繪出從捷運窗戶望出的某人穿著，「率真的」亞麻黃與疲憊的自己形成對比，「把夜晚寧靜的黑戳破成忙碌亢奮的白」則是另一層對

比，將「寂寞」的影子拉得長長的，也使文章餘味無窮。

小中見大
從觀察到解讀

觀察點——空間的記憶與情感

萬物必然存在於某個空間之中，對於所處的環境，我們投以欣賞的浪漫、興建的情感、改造的理念、材料的組裝、設計的期待、範圍的框架、居住的情感、使用的理由以及種種處於其間的經驗與記憶。因此即使明知「天地者，萬物之逆旅」，但當「陽春召我以煙景，大塊假我以文章」時，也樂得「會桃李之芳園，序天倫之樂事」，「開瓊宴筵以坐花，飛羽觴而醉月」，沉浸於空間，享受這美好的氛圍，藉以創造生命的存在感與永恆的滿足。

正如義大利作家卡爾維諾在《看不見的城市》所言：「城市的記憶，張開了空間、時間與事件所交織的記憶之網。不同的故事言及記憶的不同面向與內容：影像的記憶、氛圍的記憶、心情的記憶、感覺的記憶。」空間與時間互動的情感記憶，使得空間意象、氣味、色調都成為一個符碼，具有被解讀的可能。是以「空間觀察」一直是文學作品中的觀察重點，因為任何的書寫都脫離不了空間，任何的成長都駐留於空間之中。

寫作工具箱

練習題——我所知道的○○○

人對特定的「空間」往往有特殊的情感，如學校的一角是你和好朋友的祕密基地、離家後回想生長的鄉村街巷，總有綿密深情的懷想。正如「康橋」對徐志摩而言，是心靈永遠依戀之鄉。你的心中應當也有一個與你關係最深刻密切的空間，那或許是旅行所經的一個國度、居住的一座城市，也可能是偶然路過卻在心底念念不忘的古蹟、小鎮，甚至是夢想有一天會去，而蒐羅資料想像置身其中的情境……

請以「我所知道的○○○」為題，寫出你對這個地方的感情、想法。

想一想——題目中的三層意義

題目中「我所知道」有幾層意義：

一、這篇文章的敘述者是「我」，觀察的角度是「我」的角度，抒發的感情及解讀也是「我」。

二、所寫內容可以是「我」的經驗，也可加上所蒐羅的資料，因為「知道」二個字顯示的是自己的認知，自然包含從書上、從他人轉述或媒體報導中認識的面向。

三、這幾個字隱含向他人介紹、說明、分享經歷與觀察心得的意味。

四、空間是寫作的內容，在選材上可選擇旅遊景點，也可從生活中所接觸或熟知的公共空間如古蹟老店、街道巷弄、教堂、醫院、公園、書店、夜市、車站、百貨公司、電影院、碼頭、機場、學校、圖書館、法院、博物館……。但若鎖定私密空間如臥室、餐廳、廚房、客廳，並不適合「我所知道」這個條件，所能發揮的方向也有限。

在寫作脈絡上，由引導語中「寫出你對這個地方的感情、想法」這段敘述，宜以親身經歷結合眾家講解，由描述說明到寫感發，讓文章從景到背後的典故史事或人情刻畫，豐富內容的層次。

名家便利貼

關鍵處——兩個角度進行觀察

一般而言，空間觀察可從兩個角度進行：

客觀性的觀察：拼湊集體記憶（歷史、地理、文化）

主觀性的觀察：梳理個人記憶（時間、記憶、感情）

以下所舉介紹台北之例，都鎖定於整體描述，可由中觀察不同的關注點所展現的書寫風格。第一則是站在歷史的軸線上，呈現台北城百年的政治作為與改造；第二則以不同年齡女人的風姿比擬街道情韻，第三則同樣著眼於街道，卻以街容商品來展示。

清光緒十年冬，公元一八八四年，費時六年鳩工興建的台北城正式竣工，這是清代最後官准興建的城牆，也是台灣史上唯一的方形石城。……台北古城，建於當時市囂繁盛的艋舺、大稻埕之間，集官民之力始大功告成。重新檢視建城的波折，內有泉、漳不同移民族群利益糾葛、外有列強虎視眈眈，官府派任首長亦先後更迭，若有怠弛，是不可能在歷史上出現台北城的。如今詳閱建城時的城內布局，建官府、籌軍防、興學堂、開市街，與傳統城池並無二致，是一座偉大城市文明的聚合。先民的胼手墾拓，為台北古城建立了城市永續發展的政經制度，這是台北進入全球化階段，仍不忘頻頻回首，緬懷前輩足跡的人子之情。

（台北市政府文宣．台北城，一座文明聚合之城）

每條街道都像具有不同品味的女人。西門町中華路、西寧南路像個逃家的十七、八歲少女，華西街像個遲暮的妓女，延平南路像個五、六十歲的殷實阿巴桑，迪化街像個倚門呆望悵茫老阿婆……，忠孝東路呢，像天天逛街、廿來歲的時髦俏女郎（難怪天天塞車），而敦化南路就像個富裕小康、講究高級品味的三十來歲美少婦了。

（杜十三．敦化南路的倒影）

松山路五分埔自搭品牌最有型，已在年輕人之間蔚為風潮；想要DIY首飾或工藝，長安西路手工藝品專賣店是朝聖地；博愛路是不變的旗袍西裝手工大本營；想找茶？非大稻埕茶商集中區莫屬；想結婚？愛國東路婚紗街已打出金招牌；和平西路三段的專業鳥街歷久彌堅；武昌街二段的電影街挽住一段段青春回憶；華陰街宛如台灣百貨批發史縮影；開封街一段是永遠的電子商城；西門町向來是流行音樂發表重地；重慶北路三段燈飾業者林立妝亮台北；復興南路二段的清粥街是夜貓族補給站；雙城街的台北愈夜愈美麗……。

（台北文化護照地圖）

創新望遠鏡

掌握標的——空間書寫與組織結構

空間描述不外乎「所知」、「所見」、「所感」，內容的設計上無論是想像勾勒、資料拼貼或在實虛間跳躍，都可隨心所欲，關鍵在如何小中見大。

在書寫上可由以下方式入筆：

拍立得：選擇一個習慣性的觀察位置，以各種角度框起所見、所聞、所感覺的狀態。

架構事件：觀察空間所進行的節慶活動、飲食娛樂，透過人群穿著、表情語言的鏡頭，鋪墊情節的厚度，充實空間的意義層次。

旁徵博引：從書籍、網路、電影曾見過的空間，尋找相關資訊，豐富空間的故事性。

報導訪問：實地觀察、客觀敘述，再加上當地人生活實況的敘述，民情風土的渲染。

昔今對應：時間的流轉形成空間的變化，從個人具體的生活經驗出發，生活空間今昔情景變異的敘寫、思索種種改變蘊涵些什麼意義，並抒發感受或看法。

而在組織結構的鋪排上，從起筆到結語，經營出文章的層次：

起筆：可直接切入所知道，所要描述的空間，不過情節變化可以「從遠而近」、「從古到今」、「從實到虛」、「從輪廓到感覺」等方式帶出敘述的層次。

次段：可將鏡頭拉近為特寫，如集中於人事動作所展現的情感、自己置身其中所感染的心情等。

轉折：可就個人所知道這空間的歷史、人文、活動、記憶敘寫以深化內容。

結語：不妨就對這個空間的懷念，或對其變遷歷程的想法敘說，讓整篇文章有餘味無窮之感。

文字工作坊

好文欣賞——我所知道的長城

埃及的金字塔是千古的詛咒、印度恆河嘩啦啦的生死記憶，早已沉入海底、美索不達米亞在黃沙滾滾中成了戰場，成了嗜血的海綿。只有中國的紫禁城，在北斗七星庇佑下，站在五千年巨人的肩膀上，以規律的脈動，繼續開創下一個盛世……。

是誰在耳語？城牆在夢囈嗎？是哪道城牆？如此絮絮叨叨，是有滿腔滿腹心酸要吐嗎？還是一直無法寄出的家書被遺忘在這裡？我顫抖地觸摸冰冷的石牆，好似推開了歷史的門。

門，吱吱唧唧的，憶當年……。

千年前，奴隸、戰俘、血和汗堆砌的萬里長城，如孕母般滋養著中原肥美的土地，用汗滴禾下土的每一粒米飯，養成中國輝煌的文明。漢武帝東爭西討、唐太宗胡漢融合、明朝的地下宮殿、清康熙留下了洋洋灑灑不下數十萬言的手書硃批，這是中國引以為傲的多元，永遠不落的金光。

有別於金字塔的孤獨，長城有紫禁城相伴；有別於恆河的形單影隻，黃河有長江左右；別於美索不達米亞的埋沒，明定陵在地，依然赫赫聲威。

我在北京，看到一座活生生的歷史碉堡。

萬里長城，好似一條龍般護衛著大好江山，帝王的血液在龍的傳人，在母親的黃土地上，綿綿地織成一卷牢不可破的史冊。

（景美女中・吳佳芸）

空氣透著蒼灰，城牆冷冷的。

我站在牆腳下，千年之久了啊……

彷彿看到千年前的夜晚，那些射向牆頭，帶著火的弓箭，射落了滿天流血的星，顆顆墜跌，化成淚水，染紅人們的眼睛。

千年之久了啊……

我用手輕輕觸碰石塊，就這樣，整隻手靜靜熨貼在上面，停止，不動。

泥塵裡，有霜雪的味道。

我貼近去聽，聽他的脈動他的心跳，用手去感覺，讓掌紋和長城生命的紋，歷史的紋，幾千年前秦漢帝國的紋，密密貼合在一起。如此，我便能感受到石塊底下的萬馬奔騰？

長城，長城，我終於見到了你。

我在心底輕喚。

（景美女中・謝容之）

任何的空間之上，都有另一個看不到的空間。現在這個空間位置，必然有過去與未來的空間位置，疊置於同處，這些生活空間的改變，背後可能蘊藏許多故事或啟示。長城記憶著秦時明月，白骨亂蓬蒿的蒼涼，作者融合古文明國度與歷史縱深，在當下與事件重疊，敘寫心境與思維，讓空間的廣度隨著時間而無限蔓延。

開枝展葉

從抽象到具體

看懂四種作文題

大多數的作文題目都有具體的範圍，如「白髮與臍帶」、「紅紗燈」、「行道樹」、「偶像」、「英雄」、「義工」等這類聚焦於名詞的主題，寫作範圍固定，文章變化則依靠實寫或虛筆其象徵意義使旨意深刻，廣度擴張。

其次是「常常想起那雙手」、「夏天最享受的事」、「那一刻，真美」、「爸爸的花兒落了」、「下雨天，真好」、「一對金手鐲」、「垂釣睡眠」之類的題目，敘述內容是題目中的名詞，寫作重點則是題目中的形容詞或動詞，如「那一刻美在哪裡？為什麼美？」

至於「成功與失敗」、「快與慢」、「得與失」、「耕耘與收穫」、「生與死」等雙軌題則必須分述兩者，再強調其因果或正反關係。

另有一類題目如「最遙遠的距離」、「失

去」、「夢想」、「逆境」、「孤獨」，這類題目是抽象詞，關乎於個人經歷及觀點。該如何顯現才不會流於空泛？要舉哪些實際生活中的事例？要如何描繪感受才能使人讀來深切？在建構個人觀點時，要如何定義或詮釋？以下將就「幸福」為題，說明如何顯題與發揮：

寫作工作箱

練習——幸福

人人都渴望幸福，也都曾感到幸福。幸福有時很抽象，有時又很具體；它看起來遙不可及，卻似乎近在咫尺。愛我所愛，做我所能是幸福，犧牲奉獻的付出是幸福，安分守己的盡責是幸福，簡單生活寧靜的心境是幸福，作夢逐夢圓夢的過程是幸福……。其實處處有幸福，時時可以感覺幸福：一句祝福的話是幸福，一個熱情的擁抱是幸福，一個交心的眼神是幸福……。生活裡酸甜苦辣的滋味裡都藏著幸福，那是內心最深的想望，也是當下真實的體驗。

請以「幸福」為題，說你對幸福的看法，寫你的幸福經驗與感覺。

這種問題呈現兩個寫作方向：如何追求並掌握幸福；幸福帶來的成就感、價值意義與甜蜜美好的感覺。

因此首先要思考：幸福是什麼？

其次要思考：

什麼時候會察覺幸福？

何時會渴望幸福？

為什麼人們追求幸福？

幸福在哪裡？期待怎麼樣的幸福？

幸福感在內心激起什麼樣的波動？

由於每個人對幸福的定義與感受不同，可先想想生命中與許多人事物交錯的過程，有哪些事令你感動？有哪些人曾撫育你、提攜你，讓你在人生路上豐盈而快樂的成長？哪些人在困頓失意時啟迪你的心智？你曾經追求過什麼樣的東西或目標，經歷實現夢想的歷程後，那幸福的感覺與回首時的體悟是什麼？順著這一連串問題思索，便能找到源源不絕的書寫材料。

名家便利貼

幸福是什麼 如何追求

幸福，可以是牛頓找到物理現象的喜悅，或是讀書單純而滿足的愉悅，也可能是創造大多數人幸福的成就感：

我好像是在海邊嬉戲的兒童，有時發現一顆光滑的石頭，有時找到一個美麗的貝殼，我為此甚為開懷。儘管如此，那真理的海洋還神祕地展現在我面前呢！

（牛頓）

山光照檻水繞廊，舞雩歸詠春風香。好鳥枝頭亦朋友，落花水面皆文章。蹉跎莫遣韶光老，人生惟有讀書好。讀書之樂樂何如？綠滿窗前草不除。

（翁森．四時讀書樂之一）

創造，或者醞釀未來的創造。這是一種必要性：幸福只能存在於這種必要性得到滿足的時候。

（羅曼羅蘭）

每一個人可能的最大幸福，是在全體人所實現的最大幸福之中。

（左拉）

幸福感是衡量人生的唯一標準，是所有目標的最終目標。一個幸福的人，必須有一個明確的、可以帶來快樂和意義的目標，然後努力地去追求。真正快樂的人，會在自己覺得有意義的生活方式裡，享受它的點點滴滴。

（泰勒．本—沙哈爾）

創新望遠鏡

書寫的方向

「幸福」這類要求定義的題目，雖可就個人認定發揮，但須舉出足以說服眾人的立場與理由，因此盡量從大處著眼，建議可環繞題目朝「幸福是什麼／WHAT」、「為什麼那是幸福／

WHY」、「怎麼得到幸福／HOW」三方向思考：

WHAT：「幸」在說文解字中的解釋是「所以驚人也。从大从羊」，足見「幸」之令人驚喜、意外的；此外，如果就文字本身來觀想，可拆為「土、立、十」，由此推想，「有土斯有財是幸福」、「能立身行道是幸福」、「達到十全十美的境界是幸福」。再就「福」字分析，雖然說文解字言「祐也。从示畐聲」，又有神明庇護之意。但從字面上觀察，可拆為「示、一口、田」，則能推想出「有神庇佑順利平安是幸福」、「口出善言智語，濟天下蒼生是幸福」、「有田可耕是幸福」。如此想來，便可歸納出能讓人感到幸福的原因，有外在的財富與擁有，人際關係和諧真誠，生活境遇稱心；內在的修身與生命實踐如奮鬥的歷程、突破的挑戰……，都會讓人體會幸福。如此在立意上便可有多面向的線索可下筆，材料也不致局限一隅。

WHY：由於這個題目，可以「說明式」表現，也可以記敘、抒情方式表達，當所選擇文體不同時，寫作中強調的重點也將有所不同。以本題引導敘述而言，較傾向於後者，記敘時，可以寫你給別人帶來幸福，也可寫別人給你帶來幸福；可從正面寫幸福的感受，或採用反面襯托渴望幸福。關鍵處在寫出對幸福的感受、真情實感，特別是對幸福的看法。

如果選擇說明意義的議論，則可以圍繞「什麼是真正的幸福」、「占有就是幸福嗎」、「錢財是幸福嗎」等問題展開論述，繼而以例證、引言。例如麥克阿瑟〈祈禱文〉中，做父親向上天祈求的不是順遂財富，而是挫折。如果能一反他人寫美好的際遇，而以擁有愈挫愈勇的毅力與理想為幸福，便能出奇制勝。

HOW：幸福純然是主觀性的感受，它可以

是一種生活狀況，可以是剎那間的感動，或是人生觀所創造出的存在感、價值意義。得到幸福的方式因人而異，但追求幸福是全世界人的共同方向，這從哈佛大學最夯的選修課是「幸福課」可見一斑。課堂教授們為學生簡化出「十條幸福小貼紙」是：

遵從你內心的熱情、多和朋友們在一起

學會失敗、接受自己全然為人

簡化生活、有規律地鍛鍊

睡眠、慷慨、勇敢、表達感激

也有人認為忘記過去、對自己的生活負責、建立關係網路、磨練自己的意志力、成為有積極思想的人、注意身邊的小事、讓別人開心、學會同情可以讓人得到幸福。其實這些得到幸福的方法都很尋常，關鍵在於是否能發現自己的興趣個性特長，能否勇於追求突破並樂於分享，以及是否讓更多人因為自己的熱情而快樂。

結構的鋪排

起筆：開門見山寫出自己對幸福的看法，為使行文有明確的主軸，可以「幸福是○○」貫串全文，如幸福是愛（自由、服務奉獻、追求理想、知足、感恩、紀律、堅持與熱情……等），再就此立意取材。

次段：可直接寫事例，印證自己對幸福的觀點與感受，或用具象的事物來類比，像「幸福是會飛的翅膀」、「幸福讓自己站在世界的頂端，看見生命的價值與樂趣」為段首，凝聚幸福感再敘述經歷。

轉折：可就「失去時才明白握在手上的是幸福，貧賤時認為名利雙收的財富是幸福，富貴時卻已無法享受簡單生活，心無罣礙的幸福」、「無法再重溫舊夢的人事是幸福？當下擁有的一切，儘管平淡而尋常，或許充滿抱怨與煩躁，但退一步觀想，那何嘗不是幸福？」等凸顯幸福不在遠處的觀點。

文字工作坊

幸福的寓言故事

小獅子問媽媽：「幸福在哪裡？」

媽媽搖搖尾巴說：「幸福就在上頭。」

這是一個簡單的寓言，但其中道理卻容易被忽略。是演化後失去了尾巴，連帶也遺落了幸福？

幸福是一捆捆鈔票，還是一張遠方老友捎來的信？幸福是蜷曲在蝸牛殼裡的卻步，還是漫步在大街上的一雙眼睛？

我窺視著種種幸福可能出現的場所：日間熙熙攘攘的道路，夜裡闃靜寧謐的小巷，我找著，它躲著；我跑它逃，我神經地像提著獵槍的獵戶，草木皆兵。

後來我在夢裡聽見天使的歌聲，如同但丁隨著維吉爾的腳步，天使吹開刻著「幸福」二字的大理石門，門裡……？嗯？那不是我家的廚房嗎？我說這不對，天使卻笑得詭異。接著他提起我的領子，衝破天花板（怎麼天堂也有這玩意？），俯瞰繽紛的圖畫：好熟悉啊，那山那水，那人那車……天使擲下我，像我對著許願池擲銅板的方式。

依舊，吃著麵包，我的一天這樣開始。捷運上的一對母子吸引我的注意，小孩的笑容如玻璃外柔和的月光，這是親情的喜悅嗎？我在心底思考著。手機突然響起，是妳啊？最近好嗎？高三很忙，朋友的問候像寒冷的冬天裡，共喝一杯暖暖的熱可可，幸福的餘溫在心裡捻著我，伴隨著熠熠的感動。

「我回來了！」打盹的爸爸馬上醒來和我說話，媽媽也從廚房探頭喚我，怎麼這平常的舉動，藏著幸福的舉動，我都沒發現呢？

原來不是天使把我擲進幸福的，而是我原本就活在幸福裡頭呢！

（景美女中．賴怡安）

這篇文章以一個簡單的寓言，點出幸福其實就在身邊，但是作者並不知道，於是展開一連串的尋找過程。這樣的起筆不落窠臼而且一目了然，接著作者提出一連串反問，便展開「神經地像提著獵槍的獵戶，草木皆兵」的找尋行動。

藉由夢境的天使帶領，更是神來之筆，既見童趣的畫面又見哲理的點化。在看似尋常的平淡日子裡，作者轉入一對母子的鏡頭，接著以「手機響了」切入朋友的問候，實虛瞬間轉換，幸福在哪裡的答案便靈光一閃地被解開了！結筆巧妙地與夢中天使回映，落實幸福就在當下之意。全文不僅在結構的安排上見匠心獨運，取材與敘述的方式也頗見新意。

TAKE 5

追根究柢

讀報取材
從報導中提問

讀報看報
掌握資訊找材料

「秀才不出門，能知天下事」這句話，說明報紙的功用在於讓人掌握天下所發生的大事。但對現代人而言，有了聲光俱現的電視、無遠弗屆的網路、隨時可見的電子書、五花八門的雜誌，還需要看報紙嗎？

的確，現代人擁有前所未有的資訊管道，但如海嘯般湧現的訊息中，哪些是精確的？哪些是渲染的？何者是有意義的材料？在未經整理解讀中，我們不自覺地被洗腦，我們的想法在這些紛亂的眾聲之間被消弭。

相對於科技所提供的資訊途徑，報紙是隨時隨地拿起來就可以看，隨心隨意可與他人共同閱讀的東西，更何況書寫的文字可以剪貼留存，可以觀名家之作，更可以從中有效掌握資訊，厚植閱讀能力，特別是可以找到數不盡的作文材料。

奇異資料庫

新聞裡的賽德克・巴萊

到底報紙能提供什麼資源？如何善用報紙深入思考與拓展視野？如何在關心世界大事、汲取新知的同時，還能藉以訓練思辨能力？以下將舉例說明。

新聞雖以客觀為原則，但比較同一則新聞的報導與評論，不免因意識形態、立場、面向或切入角度不同而形成迴異的解讀，是以閱讀時不要執著於單一報導的內容，還必須比較其他相關敘述，從而尋思所提證據及推論是否合理。

以《賽德克．巴萊》的新聞而言，報紙呈現各種觀點，導演的回應、偏重於電影分級的敘述，或談這部電影所帶動的導演拍片態度與觀眾反應對國片的影響，可藉以擴張閱讀面向，取得建構自我觀點的資源。

新聞一　魏德聖：別帶著武裝去看電影

反映台灣原住民在一九三〇年抗日史實「霧社事件」，魏德聖砸七億元新台幣執導的《賽德克．巴萊》，一日晚間在威尼斯放映後，國際媒體紛紛以文化角度探討該片，佳評不斷之際，大陸部分媒體與網站則給予「血腥」、「殘酷」的負面批評。國際主流媒體給予高度評價外，美國發行商看完片後，也主動要求提高版權價碼。

導演魏德聖也希望大家不帶成見地看電影，並以同理心反思：「主要還是來自於這樣子的歷史，這樣子的族群，帶來的效應到底是正面的還是負面的，到底要給觀眾傳達血腥是對的嗎？婦女兒童陪同一起死亡是對的嗎？我倒希望觀眾在看的時候真的可以卸下武裝來看，不要帶著武裝來看電影，不要帶著文明的包袱去看電影，這樣會失去很多歷史本身要傳達給人的一種反省空間。」

對整個拍片過程，魏導坦承以非原住民身分拍攝原住民的故事，過程中的確有很多誤解，但電影首映之後，這些問題都解決了：「誤解是因為你（原住民）對我們有期待，可是你又擔心我們的電影傷害了你，那所以你們來看，看我有沒有傷害你們，是否有在裡面讓你們得到很負面的東西。」

（摘自《中國時報》，記者廖慧娟，二〇一一年九月四日）

新聞二　出草戰慄血腥　列輔導級挺國片

台灣人有多挺電影《賽德克．巴萊》？看級數就知道！今天將在總統府前首映的《賽德克》，媒體、影評對片中「出草」（獵人頭）的詳細描述，多感戰慄、血腥，但新聞局未將該片列「限制級」，僅列「輔導級」，十二歲以上就能觀賞。據悉，負責審議的委員，對魏德聖及國片發展很力挺，不斷為《賽德克》找生路，此分級對票房有莫大助益。

當初，新聞局邀集學者、社福團體約七、八人觀看全片審核，最後都同意以輔導級過關。就因新聞局這個挺國片的決定，十二歲以上即可觀賞，《賽德克》的市場因而增加了國、高中生族群。若列限制級，未滿十八歲不能觀賞，這可能影響該片約三分之一的票房，甚至有些父母也會因小孩不能進場，而放棄看該片。

（摘自《中國時報》，記者林志勳、江芷稜、張士達，二〇一一年九月四日）

新聞三　連署《賽德克．巴萊》

尤可稱許的是，魏德聖可謂是一個「政治素人」，但他在這部電影為霧社事件所表達的「素人」評價，超越了藍綠政客的詮釋，已使史實從現實中脫困，獲得了還原本來面目的自由。愈懂台灣歷史，愈覺得此片之感人動人。

任何電影皆可見仁見智，《賽德克．巴萊》絕非完美之作；但相對而言，它卻不啻是台灣電影的成年禮。每一位購票看戲的觀眾，皆形同與魏德聖及全體演員成就了這部電影；國人若能「連署」，將這樣的電影送過「門檻」，當可鼓勵有人敢在台灣電影繼續築夢。

（摘自《聯合報》黑白集，二〇一一年十一月二日）

文字工作坊

步驟一——整理歸納

如何運用資料，提出自己的想法？如何批判和表現自己的觀點，而不會被這些資訊牽著鼻子走？

首先必須整理出這些報導者說了什麼，怎麼說？哪些部分是事實敘述？哪些是論點？舉了哪些例證（事例）來支持論點？以什麼樣的推理過程導論並歸納結論？

理解的基礎是對資料詳細閱讀，因此先從上面報導中歸納出以下三個方向的敘述，每個面向各有幾個說明：

一、是否血腥

＊內容

1. 反映台灣原住民一九三〇年抗日史實「霧社事件」

2. 詳細描述「出草」（獵人頭）

＊觀眾：多感戰慄、血腥

＊各國反應

1. 國際媒體紛以文化角度探討該片，佳評不斷。
2. 大陸媒體給予「血腥」、「殘酷」負面批評。

＊導演說法

1. 大家不帶成見去看電影，應以同理心反思。
2. 預知觀眾會質疑到底要給觀眾傳達血腥是對的嗎？婦女兒童陪同一起死亡是對的嗎？
3. 不要帶著武裝來看電影，不要帶著文明的包袱去看電影，這樣會失去很多歷史本身要傳達給人的一種反省空間。

二、電影分級

＊賽片審核

1. 新聞局未將該片列「限制級」，列入「輔導級」，十二歲以上就能觀賞。
2. 據悉，審議委員力挺魏德聖及國片發展，不斷為《賽德克》找生路，此分級對票房有莫大助益。
3. 學者、社福團體約七、八人觀看全片審核，最後都同意以輔導級過關。
4. 新聞局這個挺國片的決定，使《賽德克》的市場因而增加了國、高中生族群。
5. 若列限制級，未滿十八歲不能觀賞，這可能影響該片約三分之一的票房，甚至有些父母也會因小孩不能進場，而放棄看該片。

＊這些行動帶來的影響

1. 它不啻是台灣電影的成年禮，每一位看戲的觀眾，形同與魏德聖及全體演員成就了這部電影。

2. 國人若能「連署」，將這樣的電影送過「門檻」，當可鼓勵有人敢在台灣電影繼續築夢。

三、對導演的評價

魏德聖可謂是一個「政治素人」，但他在這部電影為霧社事件所表達的「素人」評價，超越了藍綠政客的詮釋，已使史實從現實中脫困，獲得了還原本來面目的自由。

步驟二——思考、提問

在閱讀活動中帶入深層思考，目的在發現問題，以建立觀點與想法，如就報導可提出以下問題作為探究的方向：

1. 哪個戰爭沒有殺戮？為什麼認為出草鏡頭便血腥殘酷？
2. 為什麼被評血腥就是負面的？事實呢？
3. 為什麼國際媒體與大陸的媒體對這部電影的看法南轅北轍？
4. 觀眾帶著什麼樣的成見？什麼樣的態度被認為是成見？所謂同理心是指？所謂卸下武裝是指什麼？文明的包袱又是什麼？
5. 為了鼓勵該片而降低分級，這樣的做法是否有違制度？新聞局的標準因何而異？
6. 魏導坦承以非原住民身分拍攝原住民的故事，過程中的確有很多誤解，原住民本身如何看待霧社事件？為何導演明知有很多誤解而不化解？

步驟三——分析、討論

繼提出問題後，可藉報導中所提的證據分析，表達自己的觀點。以下是就「出草是否血腥」所做的討論：

歷史像寓言，若帶著文明的包袱來觀賞這部影片，眼前所見的當然是賽德克族人和日本人互相殘殺的血腥、暴力和殘酷，帶來的效應也只是批評，而不會思考電影的其他面向（如：種族之間的不平等、身處於抉擇，該支持賽德族人，還是日本人、原住民的民族性、日本人的鎮壓手法、帶著妻子和孩子共赴黃泉是否正確……），若一味以出草血腥否定，豈不喪失歷史要傳達給人的反思和寓於其中的深意嗎？

（景美女中・陳羿彣）

對出草激烈的反應透露出，人們不願承認那段血腥、野蠻的過去。是害怕面對人性中的黑暗？不願意相信，原來人也有這麼不文明的一面吧！

人們恐懼擔心，未來可能會發生類似的悲劇？因此帶著文明的包袱，武裝自己，使自己能藉批評而淡化過去的事實。

但是，如此一來，豈不失去了歷史所想傳達給人的反省空間？

再者，虛偽地掛上「文明」頭銜自我安慰，真的代表未來就不會重蹈覆轍了嗎？

拋開文明的包袱，回歸人性的根本，試想若當時的事件是發生在自己的身上，自己的決定又會是什麼？

（景美女中・莊芷涵）

片中確實有賽德克族人「出草」及喝鹿血等

觸目驚心的畫面，但那是他們的生存方式，是祖先流傳下來的傳統啊！

我們吃的涮涮鍋裡頭的牛肉何嘗不曾是一頭活生生的牛？

姑且不論是否殘忍不人道，在那個年代、那個民族、那個生活傳統，這一切是他們的生存價值、維生空間，我們用所謂「文明」的眼光，不文明地去批判因為我們的入侵與干涉，將要失去文化，甚至人口幾近絕後的原住民族，我們憑藉著什麼立場？

我們應慶幸自己在這個時代中可以貪生膽小，不需血染戰袍就能安然度日，還能對原住民族為了生存狩獵殺生的畫面做出血腥評論……

我們不需血祭祖靈，能夠苟全性命。相對於賽德克人驕傲英勇的野蠻，我們是貪生怕死的「文明人」。

（景美女中・李盈臻）

以文化探討的角度而觀，這部電影是一部歷史巨著，深刻地描寫日治時期原住民的無奈與反抗。

《安娜與國王》裡面曾有一句發人深省的話：「沒有一個文明有資格批評其他文明，更何況當你的文明正在欺負別人的文明。」我們怎能批評他們的血腥，而不去譴責為開發山地屠殺原住民的日本人？

（景美女中・鄭宇佑）

交織著理解和誤解，糾纏著理性與感性，滲透著情感與立場的解讀，讓同一則新聞有不同評論，但真理總在提出問題的思辨中逐漸明白。

讀言闡發

說明解讀的詮釋

從閱讀中解讀意義

「詮釋學」這個名詞源自於希臘神話中天神宙斯的使者赫密斯（Hermes），他負責傳遞宙斯的訊息，並「主動地詮釋」宙斯的意思。其實生活中每分每秒人們都在進行理解的活動，無論是對一句話、一個動作、一則新聞、一篇文章或是一幅圖畫，人們各以自我的認知提出解讀。

朱光潛《談美》中說到：「一首詩的生命不是作者一個人所能維持住，也要讀者幫忙才行。讀者的想像與情感是生生不息的，一首詩的生命也是生生不息的，它並非是一成不變的。」這說明作品之生命決定於讀者的創造與參與，換言之，閱讀不是被動地接受意義，而是積極地創造意義。每一個作品因為閱讀者、觀看者的知識背景、心理投射、意識立場而有不同的解讀層次，作品因而如有機體般，開創出源源不斷的生命力與變化幅度。

寫作工具箱

閱讀的五個步驟

不過，各說其話並不代表沒有誤解、誤判的偏差，以致常出現說者無心，聽者有意或過度渲染、以偏概全、穿鑿附會的錯失。如何忠實客觀地把握文本和作者的原意？如何在不斷探索中揭示文句篇章的意義？以下是閱讀的次第：

一、**訊息分類**：將一段落資料逐句以類區分，如依內容分出時間、空間、人、事、物、景；依句型結構分出因果、起承轉合的關係、排出事件的順序。

二、**拆解元素**：將一段中的文字敘述，分解出幾個部分，並挑出字裡行間的特殊概念、專門術語、修飾描繪，通常這些可能就是強化或說明意義的重點。

三、**解釋文意**：針對拆解出的詞語、形容詞、動詞逐步分析其可能的解釋。進而仔細將全文逐字、逐句、逐段讀過，統整文章的要旨、核心概念，確實掌握作者所說的內容，並隨時寫下閱讀筆記。

四、**闡釋說明**：就關鍵句細節敘述的意義，以及所運用的描述語、內在涵義與引申發揮，或找出其中的疑點、歧義討論。

五、**舉例以證**：將文章內容與自己的生活經驗，或學習所知結合，對於所解讀的意義，提出言證或事例。

文字工作坊

練習——我滿意自己的不滿意，我不滿意自己的滿意

根據文本本身來了解文本是最基本，也是最必要的詮釋方式，以九六年北區第二次學測聯合模擬考題「我滿意自己的不滿意，我不滿意自己的滿意」這句話為例，「我滿意自己的不滿意」、「我不滿意自己的滿意」是並列的句型，看似正反對比，其實是一體兩面，必須同時論述。

乍看簡單的文句，在解讀上往往容易墜入混亂而抓不出主軸，以致曲解某一句是對的，某一句是錯誤的態度。

為方便掌握分析的脈絡，以表格呈現如下：

訊息分類	我滿意自己的不滿意			我不滿意自己的滿意		
拆解元素	我	滿意	自己的不滿意	我	不滿意	自己的滿意
解釋文意	所有意念都出於「我」的想法	接受、自覺美好	自認為不足、缺失、不夠完美；自認為不好的行事態度或人事景況	所有決定與行動都源於我的觀點	不喜歡、不能接受	自以為得意、成就、自覺美好的表現或狀態
闡釋說明	正面 ·接受自己的不完美 ·對於不道德的事不同流合汙 ·能自覺不足，便會心生努力之心 ·盡其在我，同時泰然接納缺失 反面 ·自認不足表示還有再精進的空間，但對不足之處感到滿意時，將停止努力，失去更進步的機會			正面 ·不故步自封，畫地自限 ·完美主義，刻苦自勵 ·自以為是將停滯不前，所以不滿意之 ·不願耽溺於眼前成就，進而要求自己改善、反省思考突破進步的可能 ·不滿現狀激發奮鬥的動力，積極的態度 ·成功的人，哪些不是對自己的要求極為嚴格，時時鞭策自己往上爬呢？		

		・人類文明也是在不滿之中持續進步
		反面 ・嚴以待己，但勞碌辛苦被壓力束縛
舉例以證	・杏林子接受身體殘缺，樂觀積極地寫作 ・屈原接受不滿意當權者的孤獨，堅持做不媚俗的清者	・愛迪生發明電燈 ・瓦特發明蒸汽機 ・賈伯斯創立蘋果 ・果農改良品種

從閱讀中建立觀點

閱讀其實是一種技能，有其必經的步驟與必要的練習。閱讀活動中，除理解作者說什麼，更要透過詮釋、整合、分析等方式建立觀點，經過上述逐步就字詞、句的分解推敲過程，在建構自己的想法與解讀時便有了明確的方向，以下是同學由不同的角度所做的闡述：

一、理解題意　基礎解讀

滿意自己的不滿意，就是我們要接納自己並不完美，錯了沒有關係，努力改進就好了。但我們同時也應該要求自己在每件事上以理性及嚴謹對待，所以不滿意自己的滿意，時時思考有哪些地方還有待修正，常常反省有什麼需要改進的地方，促使自己有更多進步的空間。

（景美女中・廖書儀）

二、觀察現象　層層說明

人，總有缺陷。就是因為擁有不完美，才會極力去追求自己心中的那種無瑕，終其一生為達到自己滿意的目標而奮鬥不懈。

對於自己，人多少都存在著不滿意：不滿意現實的生活、不滿意丈夫的不拘小節、不滿意考卷上的紅字、不滿意青春逐漸年華老去……人的心中總是被不滿意所盤據，是以對未來懷抱希望；也因為這份不滿，所以想改變既有的事實，而有動力去追求下個目標，讓事情變得盡善盡美。

如果人一生都對自己滿意，勢必喪失追求更高、更遠目標的動力。相反的，如果人一生都對自己不滿，他會成為一個不懂得知足的人。在滿意與不滿意之間，當適時調整心態，才能達到心中最理想的境界。

（景美女中．劉宜）

三、闡釋例證　分析觀點

我對自己的個性並不滿意，譬如喜歡把很多事都攬到自己身上、心中不滿總是強忍、有時太過堅持己見，橫衝直撞把自己弄得一身傷。但繼而一想，我「滿意自己的不滿意」，接受了這樣的自己，因為把事情攬到自己身上是熱心，是急功好義、吞下偶爾的不滿是包容的修為、堅持己見，橫衝直撞是為理想與原則奮不顧身，即使撞得一身傷又何妨！

但在這同時，也以「我不滿意自己的滿意」鞭策自己不能懈怠。

成功的人，有哪些不是對自己嚴格要求，時時鞭策自己往上爬呢？人類的文明也是在不滿中持續進步的，若沒有法國人民對貴族王室的不滿，便不會有喊著自由、平等、博愛口號的法國大革命，也不會喚醒世界對人權的重視；若沒有瓦特對生產效率低的不滿，便沒有蒸汽機的發明，讓工業革命又往前更跨了一步。永遠不要輕易滿足於現狀，而失去了讓自己變得更好的機會，要滿意自己的不滿意，不滿意自己的滿意。

（景美女中．謝容之）

四、運用畫面　呈現解讀

我照著鏡子，長長的歎了一口氣。缺點坐在

床的一緣，和坐在書桌邊的優點對看著。看似分裂而對峙的這個房間，裝滿了我不滿意的滿意，還有滿意的不滿意。這些都是我，無論滿意或是不滿意。

優柔寡斷站起來說了兩句破碎的話語，她忽而看看左邊、右邊，最後是書桌邊，那名為決斷的傢伙將她帶走。房間開始喧鬧，兩邊都吵著要有人作伴，當健忘找到了敏銳的感官，當那個子矮小的煩躁找到了穿著白衣的溫柔，當皺著眉頭的悲觀找到大方的樂觀，當身材清癯的自卑也找到了志氣高昂的才華洋溢……當更多的缺點有優點作伴，房裡漸漸安靜了下來。

找不到缺點作伴的優點，只好互相融合讓我變得更好；找不到優點作伴的缺點，只得到讓我不好意思的微笑，並承諾著他們的孤單不會太久。最後，只剩下外表跟內在，在房裡對峙著。他們站起身，用幾年的時間慢慢地走向彼此。——最後，他們擁抱。房裡只剩下我一個人，因為他們全走進了我的心。自己是自己最早認識的人，在走到今天的這漫長日子裡，總在學習如何接納各個滿意或不滿意的自己。所以我不停學習，學習如何擁抱自己。

（景美女中‧賴怡安）

如果閱讀是一生非得要做的事，那麼想要藉閱讀創造意義，累積實現夢想能量的先決條件便是懂得如何閱讀，才能精準地察覺所看所觀，深刻地思考解說，以歸納整理出可資運用的知識與能力！

讀書探問
不疑處有疑的思考

學後提問 問中求學

學問二字包含學、問兩個部分，意味學之後必須問，問之中亦能學。但學生抱持的態度通常是單方面聽老師講解，缺乏思考與發問的動作，這樣的學習方式將落於囫圇吞棗，或食古不化的局面。而這種知其然而不思其所以然，一味接受而不懷疑的讀書方法，充其量不過是兩腳書櫥，完全沒有自己的想法，終歸於讓自己的頭腦成為他人的運動場。

每個問題都是潛在的學習機會，胡適說：「做學問要在不疑處有疑。」並言：「大膽假設，小心求證。」孔子也說：「學而不思則罔，思而不學則殆。」足見閱讀中，必須時時思索，發現問題；處處追問，表達看法。

寫作工具箱

五個方向提出問題

奇異公司前總裁說：「真正問最多問題和最好問題的那些人，才是領導者。」這是因為提問代表思考的深度與觀察的密度，懂得提問不但顯現積極的態度、敏銳的察覺力，更能引領出不同的想法觀點。但從何處提問呢？以下是提問方向：

一、就內容提問

＊主題是什麼？作者書寫的目的？

＊情節安排有何意義？這句話合理嗎？

二、就組織提問

＊文章脈絡如何進行？段與段之間的關係？

＊全文結構與內容的關係？寫作手法的特殊點是？

三、就觀點提問

＊觀點是否正確？主張是否合理？

四、就論述提問

＊觀念如何發展？開展論點的過程是否周密？

＊作者提供的材料是否足以支持其論點？

＊所提的證據是否正確？是否充足？

＊例證與闡釋說明之間是否緊密照應？

五、就立場提問

＊哪些是客觀的敘述？哪些是主觀的見解？

＊作者站在什麼立場描繪或論述？

＊其中有哪些因立場而偏頗之處？

文字工作坊

練習——齊王好射

一個問題就是一個思考方向，因為發掘問題的目的是要找出解決的辦法，是以在提出問題之前，必須仔細閱讀，嘗試著收集資料，分析研究以鍛鍊自己的思考和解決問題的能力。如果分析或解讀時心生困惑，這具體的疑惑與不解便是問題所在，也就是開啟追根究柢的方向。以國中課本所選《呂氏春秋》中〈齊王好射〉為例：

齊宣王好射，說人之謂己能用彊弓也。其嘗所用不過三石，以示左右。左右皆試引之，中關而止，皆曰：「此不下九石，非王，其孰能用是？」宣王之情，所用不過三石，而終身自以為用九石，豈不悲哉？

一、從敘述中找脈絡

這是一篇以故事來達到說服目的之敘述，敘事結構由兩個部分組成，其一是「故事」，指講述的內容，另一是「論述」。「故事」中人物、背景、情節、行動、時間序列，事件的發生順序、故事中對元素的安排，提供檢視故事的角度，是影響意義理解的關鍵，更是點亮問題所在，故必須就此釐清。

以這篇文章而言：

齊宣王好射↓起。事之起源點

說人之謂己能用彊弓也，其嘗所用不過三石，以示左右。左右皆試引之，中關而止。↓承。事之發展

皆曰：「此不下九石，非王，其孰能用是？」↓轉。對事情發展的解釋

宣王之情，所用不過三石，而終身自以為用

九石，豈不悲哉？」↓合。結果、評論

二、從關鍵處作分析

鑑於從故事發展的因果之間，可以思索提問，故藉表格顯示內容，以掌握劇情變化的始末，並提出可能的各種解讀。

	人物	個性	能力	表現（動作、語言）
	齊宣王好射	說人之謂己能用彊弓也	其嘗所用不過三石	以示左右
解讀分析	興趣所在	·自信、自負、自以為是、誇耀自炫 ·希望得到他人肯定及讚賞 ·這是構成左右揣摩心意，曲意奉承來迎合齊宣王的關鍵	·能力與自認能用彊弓不符 ·言過其實	·能力並不出色而示左右，是希望能得到認同？ ·自以為能拉彊弓而示他人是虛榮心作祟？

			左右皆試引之，中關而止	皆曰：「此不下九石，非王，其孰能用是？」
解讀分析			·左右虛做姿勢，並不是真的無法拉動弓 ·體察上意，順勢欺之	·確定齊宣王具有拉彊弓的實力 ·不下九石出於左右之口，此言讓齊王自以為能拉彊弓 ·臣子誤導（九石），與事實不符（三石）

三、從故事中看寓意

關於這則故事的解讀，多半是：「藉由齊宣王的虛榮心，再加上身邊圍繞的群臣們，仰體上意曲意奉承來迎合齊宣王，竟然在君臣合作之下，讓齊宣王自以為能拉彊弓。」

一般的評論則是「貪圖不實際的虛名，最後只會落得名不副實的下場，讓自己掉入自欺欺人的下場」、「在好大喜功的心態下，自願被蒙蔽一輩子，真是給讀者相當大的警惕」、「好大喜功的人，必然是務虛名而不講求實際，本欲欺世盜名，反落得被人所欺。一方面說明齊宣王盲目自大，自欺欺人，另一方面說明群臣趨炎附勢，阿諛奉承。」

四、從敘述中提疑惑

從這些詮釋，可歸納對齊宣王的評論是「盲目自大」、「貪圖不實際的虛名」、「好大喜功」、「自欺欺人」，左右之過是「趨炎附勢，阿諛奉承」。

然而我們不禁要問：齊宣王是自願被蒙蔽嗎？主導這悲劇的人是齊宣王？還是左右？齊宣王自欺？欺人？如果寓有讓讀者警惕的道理，除了虛榮心、好大喜功，還有什麼？

特別是從文章所敘中一一分解，在理所當然的認定後面，似乎還藏著耐人尋思的空間：

敘述一　（齊王）說人之謂己能用彊弓也，（事實上）其嘗所用不過三石。

疑惑一

＊齊王個性是造成左右欺騙之因嗎？

＊齊王自負，錯了嗎？

＊齊王知道所用不過三石嗎？

＊如他不知，那是誰讓他蒙在鼓裡？

敘述二　左右皆試引之，中關而止

疑惑二

＊左右故作姿態，真的無法拉開弓嗎？

＊如果拉得動，何以中關而止？

敘述三　皆曰：「此不下九石，非王，其孰能用是？」

疑惑三

＊這是事實嗎？

＊如果不是，豈不是欺君？

＊左右們何出此言？目的何在？

＊如小事欺瞞，還有何大事不蒙騙？這是為臣應有的態度嗎？

敘述四　宣王之情，所用不過三石，而終身自以為用九石，豈不悲哉？

疑惑四

＊誰導致齊王自以為是用九石硬弓？

＊誰該為這悲哀的結果負責？

＊齊王甘願陷溺於被欺騙之中嗎？

＊還是在不知情下被蒙騙？

五、從疑惑中理問題——探究方向

＊從故事中可推知齊王是怎樣的一個人？何以會造成左右體察上意而欺之？

＊何以齊王終身以為九石？

＊這個故事寓含的道理有哪些？

＊齊王犯了哪些錯誤？

＊臣子犯的過錯是？

六、雞蛋裡挑出石頭——好問不倦

＊君不可以有嗜好嗎？

＊臣子投其所好錯了嗎？

＊一個人自以為是強者必然是錯誤嗎？

＊臣子可以怎麼說，才讓國君能真正成為強者？

七、打破砂鍋問到底——延伸思考

＊從這篇文章推知為臣之道如是？又如何達到雙贏局面？

＊從這個故事可知呂不韋認為國君應如何行事？

＊在民主社會中，面對政府的缺失我們能怎麼做以求改變？

面面觀察 解釋疑惑

從單篇敘述固然可以提出觀察分析，但當牽涉敘述者的目的和立場時，不得不考慮因而所造成的偏差，多方找資料能幫助我們依據證據，探索因果關聯，做出周全的判斷或評估。

問題一　到底誰錯了？

臣子不直：首先回到《呂氏春秋．壅塞》原典觀看在這段文章，呂不韋的結論：「非直士其孰能不阿主？世之直士，其寡不勝眾，數也。故亂國之主，患存乎用三石為九石也。」由中可見作者評論臣子少有能直言見君者，即使有直言諫諍之士也將寡不敵眾，這是造成「亂國之主，患存乎用三石為九石也」的原因。

國君不聽：呂不韋提出：「亡國之主不可以直言。不可以直言，則過無道聞，而善無自至矣。無自至則壅。」（呂氏春秋．論卷）足見左右之欺，是因為齊宣王不能聽直言，而導致被蒙蔽，其實是國君自身的責任。

問題二　臣子該怎麼做？

齊宣王曾乘燕國發生內亂時，發兵干涉，幾乎滅亡了燕國，可見他是有野心的君王。如果臣子能像孟子因勢利導，游說他棄霸道而行王道，宣王何患不能成為明主？

因此重要的是當國君因個性或心態不當時，臣子該如何扭轉？

孟子在齊時，宣王向他坦承自己好樂，孟子不但不指責，反以「獨樂不如眾樂」來鼓勵宣王與民同樂便是仁君。又如齊宣王說「寡人有疾」：喜歡勇敢、財貨、美色。孟子以周文王、周武王，一生氣就安定天下百姓的大勇，鼓勵齊宣王把天下的壞人、壞事全都斷絕，這才是真正的勇敢。

至於喜歡財貨，孟子則以讓百姓也都發財，否則皇宮裡面堆著很多寶物，老百姓卻苦得要命，能夠安心享受嗎？如果君王好色，就要讓天下人內無怨女外無曠夫，各有歸宿，組成家庭。

所以國君是否能行善政，臣子是推波助瀾，扭轉弊端的關鍵。當齊宣王示左右時，左右能如〈張釋之執法〉一文中，堅持原則，以實告知，進而如孟子申明「推己及人，與民共用」的道理，讓國人都能好射善射，享受射之樂趣，甚而因此厚植作戰防備能力，豈不皆大歡喜？

問題三　齊宣王是不聽諫的人？

在《呂氏春秋》中記載能意這個人見齊宣王的經過。能意語中帶諷刺地說，聽說你是喜歡直言的人，齊宣王因此被激怒，不但責罵他「野士」，還將判罪。

不過當能意說道：「年輕的時候喜好直言進諫之事，年紀漸長後我一直這樣做，大王您為什麼不能聽取鄙野之人的言論，來彰顯他們所愛好之事呢？」宣王於是赦免了他。

另一個故事是齊宣王要蓋豪宅，面積大的超過百畝，堂上有三百扇門戶。以齊國這麼強大的國家蓋了三年還沒完成，群臣沒人敢勸諫齊宣王。這時有位叫春居的臣子反問齊宣王：

「群臣莫敢諫，敢問王為有臣乎？」王曰：「為無臣。」春居曰：「臣請辟矣。」趨而出。王曰：「春子！春子反！何諫寡人之晚也？寡人請今止之。」遽召掌書曰：「書之：寡人不肖，而好為大室，春子止寡人。」

（呂氏春秋覽二十）

由這兩段故事可見齊宣王不是不能聽勸的昏君，左右曲意奉迎君主或許是造成國君昏昧的原因之一吧！

在這一連串的閱讀、懷疑、追問、思索、追尋過程中，是否體會一種發現的快樂?!

讀史析理
建立觀點的論述

掌握史實
建立觀點

連橫在《台灣通史》中說道：「夫史者，民族之精神，人群之龜鑑。代之盛衰，俗之文野，政之得失，物之盈虛，均於是乎在。故凡文化之國，未有不重其史者也。」足見讀歷史是站在今天的時間點，了解歷史所發生的事件、人類如何由過去發展到如今的狀態，也就是現在與過去的對話。

但「歷史」並非完全指「歷史知識」，更何況歷史是後人所記，其中不免呈現價值運作，在史材與史觀上必然有所選擇。因此閱讀時不禁問道：

什麼是事實？

什麼是真相？

鑒於歷史的解釋是在因與果之間不斷追索、思考、分析、推論事件的來龍去脈、人物的作為與影響，所以讀歷史必須以更多資料旁證，掌握歷史事實的概念與意義，才能做出合理的判斷。

對你而言，讀歷史的意義何在？歷史中有哪些事啟發了你的思考與省思？在歷史敘述中，有哪些人物引起你探問的興趣？翻開歷史書頁，從所見、所聞中，如何建立自己的觀點？

寫作工具箱

四個方向切入觀察

通常從歷史中觀察事態、體悟道理可由下列方向進行：

一、從背景探討發生原因：如王安石為何以青苗法等，作為變法內容？

二、從人物觀察行為理念：如王安石變法是基於什麼想法與目標？以什麼方式推行變法？王安石學養、事功與成就。

三、從事件省思功過得失：如王安石變法何以失敗？是因為變法內容，還是實施過程？是因個性還是態度？舊黨是否需負責任？

四、從政經文化了解樣貌：如當時社會對王安石變法的反應？實施變法後百姓是否獲益？經濟是否提升？變法的內容是否切合當時社會經濟問題？

交互比較 轉換視角

對歷史評論，有集中論人如蘇東坡〈留侯論〉、論事如歐陽修〈縱囚論〉、論時代如蘇洵〈六國論〉。基於每個人觀看的角度及所處時代的思想不同、擷取論述的方向有異，對人物事件等看法也不盡相同。

在寫作上，可採用先敘後議、夾敘夾議、從疑入理、由果推因等，藉由「線索、證據→發現或結論」的方式，藉不同史材與不同時代評論交互比較，從不同的視野去思考，進而生成、轉換為自我觀點，提出評論。

文字工作坊

練習——看司馬遷論項羽

司馬遷〈項羽本紀〉以秦漢之際風雲變幻的畫面為背景，記述項羽一生經歷，從敘述中可找出幾個面向分析評論項羽：

一、道其一生

透過司馬遷的描寫，可以發現項羽行事果決，卻在鴻門宴中錯失殺劉邦的良機；他驍勇善戰，卻忽略團隊精神，目空一切；分封諸侯不公，造成諸侯叛變，讓劉邦有機可乘，終將自己陷入絕境。但儘管如此，司馬遷仍肯定他叱咤風雲的氣勢：「非有尺寸乘勢，起隴畝之中，三年，遂將五諸侯滅秦，分裂天下，而封王侯，政由羽出，號為『霸王』，位雖不終，近古以來未嘗有也。」藉由項羽一生的經歷與事功，可提出以下的評說：

那霸氣磅礴的名字，是一團從江東燃燒起的火焰，那熾紅的火讓幾千年英雄人物盡失色，讓千千萬萬人悲悼惋歎。

姑且不論楚漢相爭這既定事實的結果，項羽個人的才華與審度形勢的銳利眼光，足以稱霸天下。鉅鹿之戰打得多麼漂亮！軍隊渡過漳河，項羽將情勢逼到絕境，因為他知道，這一役將是奠定江東軍在眾諸侯地位的重要一戰。如果敗了，將與王天下的大業失之交臂，反之他將取代秦。

項羽恢宏的氣度和直爽的性格使他成為歷史英雄第一人，然而兵場上，「老練」、「沉著」才是致勝的關鍵。劉邦得天下後說：「項羽有一范增而不能用，此其所以為我擒也。」其實，項羽不是不懂得用良將，只是年輕意氣風發；勝利，讓他將范增的警語忘得太快。他率直天真，剛愎自用的性情，以致雖有「彼可取而代之」的能力，及王天下者舍我其誰的氣魄，終因一人之智不敵眾人之智，而致敗亡。

任誰都知道曖曖才能內含光，柔弱才能勝剛強，但這樣的「謙虛」對項羽卻是一種折磨。他要展現的是他的霸氣，他要享受的是君臨天下的快感，儘管這正是項羽失敗的原因！

（景美女中・劉敏之）

二、說其性格

韓兆琦在《史記博議》對項羽矛盾和衝突的性格總結道：「是一個頂天立地的英雄，卻同時也是一個鼠目寸光的庸人；有時有龍飛鳳舞之雄姿，有時又愚蠢昏庸得像一頭驢子；有時寬厚仁慈，有時又暴戾凶殘得令人髮指。」從人物性格分析其行事與成敗，也是常運用的論述切角：

項羽是舉世無雙的西楚霸王，在歷史舞台上成功聚集看官的視線，時間的洪流也沖不淡他超人的英姿。

從他見秦始皇出巡所發的豪語：「彼可取而代之」即可知他抱負遠大，比起劉邦「大丈夫當如是」，他更有英雄自負的氣度。

成功的領導者必須勢術並重。以威嚴和氣度而論，項羽可說是古往今來第一人，但論說起心計權謀，較之劉邦的深沉，項羽非但不善於算計，還有些剛愎自用，難以接受他人建議，甚至在緊要關頭自作主張，以致走上敗亡之路。

馬基維利的《君王論》裡說道：「君主要像狐狸一樣奸詐。」項羽的失敗該歸咎於他沒有狐狸般的精明嗎？或許是，也或許不是。項羽如果沒有精明幹練之處，何能以一當十成為上將軍？如果精明，則何以空有范增之流的謀士，卻依然堅持己見，屢不聽諫言，臨死尚不能覺悟，而以「天之亡我，我何渡為？」歸咎於上天不仁。

蒼天何辜？一個人的失敗應推演於其本身的性格。項羽於秦末如電竄起，氣勢銳不可當，尤其是「破釜沉舟」一役，更讓他一夕間聲名大震。但三年之間崛起，突遭四面楚歌，而無顏見江東父老。

所謂「性格決定命運」，項羽的性格使他是成功的英雄，卻是個失敗的君主。但正如柯慶明在《境界的探求》一書所言悲劇英雄所表現的情性是：「一種對強烈的自我意識、以及絕對強烈的自我塑造，自我完成的渴求與意志。」是以我不覺得項羽他的失敗可惜，因為他本不該是歷史上驚鴻一瞥的皇帝，而該在史書綻放屬於西楚霸王的英雄光采。

（景美女中．楊燦語）

三、評其所言

《史記．項羽本紀》中寫項羽「自度不能脫」，但心已死而意猶未平，認輸而不服氣，憤恨地說：「此天之亡我，非戰之罪也。」又曰：「令諸君知天亡我，非戰之罪也。」三曰：「天之亡我，我何渡為！」

對於項羽死前的怒吼，司馬遷對此評論他至死還不能覺悟自己的過失，反而怪罪於老天不給他機會：「身死東城，尚不覺寤而不自責，過矣，乃引『天亡我，非用兵之罪也』，豈不謬哉！」同時評其過：「自矜功伐，奮其私智而不師古，謂霸王之業，欲以力征經營天下。」

四、論其所為

但太史公或許心惜英雄，以小說之筆鋪陳項羽死前重情重義的情節：拒絕渡船人的好意，不肯過江東、將坐騎千里馬贈亭長、人頭贈故人以分功得賞，並以悲壯的鏡頭記錄項羽下馬步行，持短兵接戰，殺漢軍數百人，身受十餘創。對於項羽烏江自刎的選擇，歷代也有不同的看法：

杜牧〈題烏江亭〉：認為項羽應過江再圖奮戰，或許能挽回劣勢：「勝敗兵家事不期，包羞忍恥是男兒。江東子弟多才俊，捲土重來未可知。」

王安石〈烏江亭〉：持相反意見，認為即使項羽過江也未必有人願為他效命：「百戰疲勞壯士哀，中原一敗勢難回。江東子弟今雖在，肯與君王捲土來？」

李清照〈夏日絕句〉：著眼於項羽以無顏見

江東父老，而選擇壯烈的死亡，是英雄的表現：「生當作人傑，死亦為鬼雄。至今思項羽，不肯過江東。」

胡曾〈烏江〉：認為項羽恥於苟且偷生：「爭帝圖王勢已傾，八千兵散楚歌聲。烏江不是無船渡，恥向東吳再起兵。」

項羽是否該過江？過江是英雄還是懦者？江東才俊子弟願隨之捲土重來，果真能扳回一局嗎？從眾家之評與這些疑問中，推展出以下的論述：

「江東子弟多才俊，捲土重來未可知」，杜牧對項羽抱著很大的期待。王安石卻潑了冷水：「江東子弟今雖在，肯為君王捲土來？」這話未嘗沒有道理，如果項羽渡江後，仍不改其剛愎自用的個性，一百個范增也沒有用。我贊同他最後自刎的抉擇，因為我做不到。正因如此，他才成為千古傳唱的悲壯英雄。烏江那一刀，將項羽的名字深深刻在每個人的心裡，就算他剛愎自用，那又如何？他選擇了英雄的結局，憑這點，就能讓他在人們心中的「霸王」地位屹立不搖。

項羽注定用轟轟烈烈的一生去挑戰無法掌握的命運，留給後人無盡的扼腕與歎息，這，也許就是「英雄」的無奈吧！

（景美女中．趙珮涵）

五、議其所擇

台大教授方瑜在〈超級巨星〉一文中，以英雄的選擇是在命運前無所畏懼，顯現項羽勇猛不屈於天地之間，昂然驕傲的形象，同時運用《史記》所記項羽死前說：「天之亡我，我何渡為！且籍與江東子弟八千人渡江而西，今無一人還，縱江東父兄憐而王我，我何面目見之？縱彼不言，籍獨不愧於心乎？」讚美他勇於面對，無所逃避：

最後，到了烏江。烏江亭長有條小船，在當時不啻是救命的方舟。項羽可以渡，可以不渡，這是生與死的抉擇。如果渡江……也許歷史就要改寫。然而，史遷用盡心力描繪的項羽「畫像」也就功虧一簣！認為英雄的諸神默默，等待項羽最後的決定！果然，項王說：「天之亡我，我何渡為！」這是石破天驚的獅子吼，是對造化所吐不平之氣，也是悲劇英雄必然的抉擇！他拒絕了生，選擇了死。他要打明知打不贏的仗，絕不逃避。他可以被人愛、被人恨，卻絕不受人憐！大仲馬筆下的基度山在那著名的一章中曾說：「在我決心報仇的那天，為什麼不先把我的心挖出來！」致命傷也在此。八千子弟，橫屍戰場，無一子遺，無辜百姓，因楚漢二人之爭，流離失所，暴骸骨於中野，項羽都深愧於心。

另一方面這篇文章又以劉邦作為對比，凸顯項羽是青春勃發的理想主義，再次回應題目之「巨星」風姿，並以算盡得失的機心，襯托項羽之天真，注定其失敗的命運。但無論世人如何以成敗論項羽，他所散發不凡的生命力，所開創出以自我為中心演出的歷史都將成為永恆。或許可以「項羽失去了天下，卻得到了歷史」，概括其一生，讓後人看見項羽如何在歷史的舞台上，充分表現自己的性情，活出英勇風采動人心魄的個人秀：

劉邦是沒有心的，也許原來有心，但早已被重重硬殼包裹得不留一絲縫隙。所以，為得天下，他可以不要父親，不要子女，至於功臣功狗，當然更不足論！項羽任情潑灑的是年輕人一往不悔的青春之力，劉邦斤斤算計的則是中年人成敗得失的機心。項羽和劉邦相爭，怎麼會贏？然而，悲劇英雄自身都蘊有自毀的因子，別人殺不死他，能致他於死地的只有自己！所以，項王雖然已「身被十創餘」，仍然沒有人敢殺他，他自刎而死。最後的遺言是：把人頭送給追兵中的「故人」，成全他去領那千兩黃金、萬戶侯的賞格。這真是看破生死的瀟灑！他失去江山，卻贏回了自己。項羽縱然死有餘憾，但缺憾也已還諸天地！

或許是司馬遷把項羽的英氣寫得太傳神，也可能人間少有如此真情真性之人，這些觀點莫不撇開成敗論英雄，而集中於其三十二歲短短一生命過程，給予相當的肯定。

TAKE
6

推陳出新

文字的3D魔法
一個句子的多方琢磨

巧思設計
活化文字魅力

文字是最脆弱最沒有力量感的，但也是最具有可能性的。看似微小的它，卻能以一種優雅而美麗的方式將人擊倒，特別是當你以精準的方式描繪時，它所能產生的描摹能力是其他創作的媒材所不及的。因為限制在哪裡，美就在哪裡。烹飪帶來的味覺饗宴，音樂來的聽覺快感……都是單一的。相較之下，文字的生動活潑能使人有五感的享受，善用它，能讓飄飛而逝的時空與情思因此停格。

然而文字的魅力之所以無限，是因為人的巧思設計，靈活點化之故，否則冗辭贅句，用詞不當，敘述雜亂都將流於辭不達意，索然無味。如何練出充分質感與密度俱佳的文句？如何寫出恰到好處的精緻文句？這看似簡單的造句功夫，其實是寫好文章必修的步驟。

名家便利貼

十八個名句打開經典世界

要寫好一個句子的過程與態度正如《詩經》所說：「如切如磋，如琢如磨。」如果敏感與悟性的結合，才能留住詩之精靈，那麼在精鍊句子時，也必須飽含想法。通常帶體悟或哲學觀點的句子，文字乾淨俐落，有如高手出招簡明扼要，直截了當，才能顯現力道。如下列所引名言佳句之所以流傳都具備文字簡易，道理深刻的特質：

1. 筆是心靈的舌頭。（西班牙／雪凡蒂斯）
2. 知識就是力量。（英／培根）
3. 知識是精神的糧食。（希臘／蘇格拉底）
4. 知識是我們飛向天空的翅膀。（英／莎士比亞）
5. 痛苦是短暫的，快樂是永恆的。（德／席勒）
6. 希望是貧窮人家的麵包。（希臘／台利斯）
7. 微笑是沉默的語言。（日／小泉八雲）
8. 被愛並不是幸福，愛人才是幸福。（德／海塞）
9. 冬天來，春天就不遠了。（英／雪萊）
10. 老兵不死，只會消失。（美／麥克阿瑟）
11. 人生自古誰無死，留取丹心照汗青。（南宋／文天祥）
12. 每個人都能縮小自己時，大家的空間就變大了。（台灣／證嚴法師）
13. 倘使要使別人感動，首先要自己感動。（法／米勒）
14. 在我的辭典裡面沒有「不可能」這個詞。（法／拿破崙）
15. 當人類沒有什麼話可說時，老是說人壞話。（俄／伏爾泰）
16. 政客考慮下一次選舉，政治家思慮下一個世

代。（美／克拉克）

17. 我不贊成你說的話，不過，我拚著老命也要擁護你說這話的權利。（俄／伏爾泰）

18. 因寒冷而打顫的人，最能體會陽光的溫暖；經歷了人生煩惱的人，最懂得生命的可貴。（美／惠特曼）

文字工作坊

三個步驟練習減法書寫

想到什麼便不吐不快地寫下來，固然有酣暢痛快之感，但不免因而有太露之弊，更悽慘的是湊字數，三字變五字，不斷灌水，結果韻味盡失。其實精簡的文字往往更能表達景象剪輯所造成的震撼，不同時空場景的並置、多重的經驗藉由剪裁、壓縮、重整，所造就的敘述反而更有意義。美國作家海明威「冰山理論」主張寫文章要埋進許多祕密，就如冰山只露出八分之一，剩下八分之七不要寫，留在海底，讓讀者咀嚼後，看見深埋敘述之下的幽微情感與思想。作家高翊峰說充滿熱情，下筆不休，這是好現象但也是危險的：

寫情感的時候就像是打水漂，當情感很大很近時，拿它來打水漂，只會濺得自己一身溼，狼狽不堪；要等到情感慢慢變小，小到可以掌握在手掌心時，再將它寫出來，這樣子打的水漂才可以拋得遠。

在描述故事情節時，隱藏與刪減，是創作重要的一步，也是使文字在脫去雕飾之後還能耐人尋味的關鍵。唯其簡單而充滿豐富，正因隱瞞創造距離感而深具吸引力。以下是減法書寫的步驟：

一、首先，寫下閉目後，想到的畫面或人事物之景象是什麼。

二、順此場景書寫故事，可由人物狀況、動作展開情節或透過關係對話。

三、接著依序去掉副詞、拿掉不必要的形容詞、刪去非必要的過程，讓敘述減到極致。

我間關還鄉，一路上看白色的芒草開花。

（楊牧．一月的白芒花）

一隻鷹曾經來過，然後竟走了，再也沒有蹤影。

（楊牧．亭午之鷹）

這兩個句子都是文章的首段，簡單、明白、直接、精確、樸實卻提綱挈領地勾勒出整篇文章的空間背景，與故事情節。在這幾乎沒有任何雕琢修飾的文句中，卻出色地掌握意象，自成一圓滿的象徵體系的風格，隱約透露出無限耐人尋思的情緒，在極簡中閃爍繁複而獨特的風采。

四個妙方美化文字花園

文字的美在它的節奏性，無論是重複句型所呈現的跌宕，或是比擬所創造的實虛相應，都讓句子活了起來。否則就像少了靈魂的木偶，雖然抓住重點，卻顯得異常空洞。

一、運用修辭

無論是譬喻的靈動、排比的氣勢、設問的提振，都能有效地使文句散發生命感，使形象開闊而深刻如：

一排行道樹蜿蜒迤邐而上，在政大校園後山的坡路疊疊升起，如季節裡風中朗誦的詩。

（陳芳明．楓香夜讀）

機遇是拿著碗、捧著書的左手，托著一份希望；創造是操著筷子、握著筆的右手，畫出一道亮麗的弧線。若說抓不住機遇，那麼創造的筷、筆到哪裡去展現風采呢？機遇和創造，左手和右手，它們都離不開對方，只有緊緊握住了，擁有的那方天空才會更廣闊，更湛藍。

（二〇〇七年海南高考作文．機遇與創造交響曲）

探險家用他的腳步探索，進而發現桃花源；政治家用他的行動來探索，進而創造伊甸園；我用我的心來探索，在知識的殿堂裡，一步一腳印，開創我的學習新樂園。

（96大學指考優秀作文）

二、感官描繪

在鋪陳感情的氛圍時，運用感官寫實畫面、烘托情緒，會使平淡的句子頓時如打光般洋溢活潑而動人、深幽而雋永的渲染力。如以下增添修改的過程：

17：03，奮力擠上沙丁魚罐頭般的接駁車，我看見夕陽，這瞬間，我彷彿回到過去，抓住永恆……。

這句話中夕陽是帶入懷想過去的重要元素，

因此必須以顏色描繪夕陽的光線、溫度引出回憶的感覺，「我看見」則顯多餘。其次擠上接駁車，車裡車外的情景並未描述，使得這動作僅止於敘事而沒發揮凸顯情感的效果。依此可分出兩個部分強化，比較前後文句，便可發現感官的描述所帶來情感的張力是多麼巨大而明顯：

＊夕陽籠罩的狀態↓整個市區被鵝黃、暖橘籠罩，影子被緩緩流動的車速映照得狹長。

＊車外的景色之外的人與活動↓長長的車陣像糾纏不清的毛線，布滿一條條街道。洶湧的人潮，在尖峰時間化為渺小而快速移動的小黑點。招牌亮起，天色漸黑，時間的洪流正逆行著，沉積已久的回憶緩緩浮起。我目不轉睛的盯著窗外，捨不得眨一下眼，這瞬間，我彷彿回到過去，抓住永恆……

三、擴充細節

說話與文句之差別，就在於細節描述的精緻性，透過作家柯裕棻〈甜美的剎那〉一文所述創作經驗，可見如何從一個單純的意念，逐漸添油加醋擴充成有聲有色的句子：

＊游泳↓游泳池↓游泳池的波光與游泳者的笑聲↓七月的下午，映在牆上的游泳池的波光與游泳者晃動的影子和笑聲。

＊陽光↓躺在落地窗邊曬太陽午睡的貓身上的光澤↓外婆家的日本房屋窗口，陽光裡向上漂浮的塵埃。

＊味噌湯↓味噌湯裡手工絹豆腐上的蔥花，比例均衡，散亂而完美。

四、鋪排層次

從單句到複合句，就像枝葉相連的大樹，

彼此間以因果、主從等關係牽扯出敘述的脈絡，並以整理內容聚焦於說明，形成開展或收束的結構。以周芬伶〈傘季〉一文為例：

開傘店大概很愜意。玻璃櫥窗擺上一排排五彩繽紛的傘，不需要任何裝潢，傘的本身就是最好的擺飾。它張開時是一朵大花；闔起來是一串小花，站著是魔術枴杖；躺下來是一葉小舟。加荷葉邊灑小圓點的適合嬌豔的淑女，黑傘適合彬彬有禮的紳士，七彩多瓣的傘有海濱的風味，素色的傘是一幅彩雲小天空，至於那有卡通圖案的娃娃傘，該是小女孩夢中的禮物罷！它們各是一則美麗的小品，合寫一部天空的大書。

這段文字在敘述上可分出以下的層次：

主體	狀態	比喻	花色	適合對象
五彩繽紛的傘	張開 闔起來 站著 躺下來	大花 小花 魔術枴杖 小舟	加荷葉邊灑小圓點 黑傘 七彩多瓣 素色 卡通圖案	嬌豔的淑女 彬彬有禮的紳士 小女孩

意境	價值	讚頌	感覺
海濱的風味 彩雲小天空	最好的擺飾 夢中的禮物	美麗的小品 合寫天空的大書	愜意

創新望遠鏡

例一　語言的層次——徐四金《夏先生的故事》

語彙好比女人的衣服飾品，同樣的襯衫因為布料的質感、花色的設計、剪裁的獨特、鈕扣等細節妝點而形成文章的平淡與精緻之別，因此，觀察詞語運用的情況便可分出高下。如徐四金《夏先生的故事》一書形容「老」的詞彙：蒼老、年邁、老態龍鍾、年逾古稀、老得快要成精、像石頭一樣老、像腿一樣老、像骨頭一樣老、像樹一樣老以及超級超級老。在同義詞與和形容的重覆之中，形成複沓而強調特色的效果。

例二　江南之春——王安石〈泊船瓜洲〉

散文像飛馳的火車，目的只為了把你盡快送到終站；詩歌可比一位徒步者，慢步帶你走遍一個陌生的地方，因此在一切文學樣式中，詩是賦有最強烈的個性，也用最創新的辭藻和比喻，豐富意象、傳達強烈思想。

王安石〈泊船瓜洲〉用綠色點亮：「春風又綠了江南岸」，「綠」一字從形容詞被轉化為動詞，不但點亮的江南草綠柳翠的畫面，也把這文句點活了。

另如白靈〈風箏〉中，放風箏的動作因為「細細一線，卻想與整座天空拔河」的想像，以及「沿著河堤，我開始拉著天空奔跑」的跳躍，就如魔術震蕩感情，像閃電穿透黑夜撞擊驚歎！

形象的易容術
一個材料的多番運用

他山之石 佳句活化

引用，是一種力量，作為詮釋文旨意義的基奠，也意味著想法上的認同與傳承。是以藉他人之言、名家之作引出寫作的話題或重心，往往能借他山之石以張己勢之用。

因此平日要養成上窮碧落下黃泉，動手動腳蒐羅證據，儲備材料的習慣。此外更要練習有效的運用材料，使文意集中，觀點突出，面相擴張。以下將提供靈活變化例證佳句的方法，讓寫作時不至於因為材料有限而局限一隅。

文字工作坊

引用名人事蹟
讓論點更可信

有道是鐵證如山，古今中外名人的具體事實，因為眾人耳熟能詳，往往能增加論點的可信度和說服力。平日無論看報讀書或翻閱雜誌，若能隨時記下所見事例，寫作能引為材料敘述說理的材料，何況這些故事往往能印證多向度的道理，如：

＊二〇〇一年《天下雜誌》公布「美感大調查」結果，民眾票選「台灣最美的人」是證嚴法師，因為她散播大愛，奉行聞聲救苦的佛陀精神。

＊二〇〇六年，全球第二首富「股神」巴菲特，決定捐出個人資產的百分之八十五，作為慈善公益用途。同學可借此引出自己認為的幸福便是有能力助人、有愛心與行動力關懷他人。

寫作時描述的重心不同，在敘述例子時也必須有所取捨，無需長篇大論其一生作為，如選取愛迪生被誤以為智能障礙而不上學、王永慶僅小學畢業、賈伯斯選擇離開學校等片段，說明只要有學習的心，學習不限於學校，至於其成功過程的挫折痛苦則無需贅言。

引用新聞時事
讓材料更豐富

風靡全球的林書豪，奮鬥的過程便可以作為許多題目的材料，如：

機會：機會是留給準備好的人。林書豪曾被加州媒體評為北加州Division 2的年度最佳球員，高中畢業竟然沒有任何一間NCAA（美國大學運動聯盟）一級聯賽所屬大學願意提供他運動獎學金，倒是向來不提供運動員獎學金的哈佛大學，給了他機會。塞翁失馬，焉知非福，這因緣際會的哈佛行，反而帶領他攀上籃球生涯的另一高峰，被教練發現他是具備速度、彈跳力、球技、智慧、冷靜等條件，並且充滿活力與耐力，對籃球高度熱愛、全力以赴的優秀球員。

挫折來臨時：林書豪不僅是NBA首位台裔球星，也是一九五四年來，首度打入NBA的哈佛畢業生。其實，個子不高也不壯的他並非天生的明星，經歷過重重顛簸的他靠著強烈的興趣與渴望，以及轉化低潮成為未來發展的積極態度，才達成站上世界舞台的高目標。因此當挫折來臨時，永不放棄，因為這些人生低潮，都是未來更多美好事物的跳板與新芽。

謙卑與自信：得意時要謙卑地力求精進，失意時要檢討缺失，調整方向，奮發努力才能在一次又一次的突破中建立自信。和勇士隊簽完約的林書豪自覺彷彿站上世界頂端。但壓力造成臨場表現不佳，自信頓失，直到他突然發現原來自己一直在為好的比賽、好的得分、為球隊爭光、與球隊續約、他人的期望而努力；待遇、名譽、地位，消耗他對籃球起初而單純的喜樂，終而體悟「這些東西只能給你短暫的快樂，卻不能給你永恆的喜樂。」他調整心態，盡情擁抱籃球，享受打球樂趣，球場上的表現也愈來愈進步。

（宇宙光雜誌）

告別偏見：儘管林書豪各項數據都極其耀

眼，只因為華裔身分，沒人願意給他表現的機會，在二〇一〇年六月二十四日的NBA選秀會上落選。而今他不但是讓亞洲人，也使得失落的紐約人，因此重拾自信。

（今周刊）

偶像：林書豪在接受專訪時說：「對我來說，失敗就是不給自己成功的機會。」「學習成功前，人必須先學會失敗。」嘲諷和刻板印象帶給不認輸的林書豪更多前進動力，一次次的挑戰和顛簸，也讓他學會正面看待挫折。

（天下雜誌）

引用課文教材讓所學更活用

「龜兔賽跑」的寓言可以論證「驕者必敗」的論點；「華盛頓砍櫻桃樹」的故事是「誠實」的最佳代言；「季札掛劍」的典故說明「守信」的可貴；「項羽兵敗垓下，自刎烏江」，可論證「有勇無謀」、「驕者必敗」、「悲劇人物」。

「專一」、「探索」、「成功與失敗」、「有恆為成功之本」、「向命運挑戰」、「改變一生在一念之間」、「坐而言不如起而行」、「站在人生的轉彎處」、「我曾那樣追尋」等題目，可引課本中〈王冕的少年時代〉敘說王冕不被命運擊倒，自學畫荷自成一家、歐陽修〈賣油翁〉勤學苦練，熟能生巧等故事，都能作為闡釋不畏逆境，盡其在我的材料。

另如〈張釋之執法〉，敘述張釋之據法審判，不屈從文帝的意見，敢於直言抗辯，強調人人都應尊重法律。羅家倫〈運動家的風度〉認為要養成運動家的風度，必須做到君子之爭、服輸的精神、超越勝敗的心胸和貫徹始終的精神。這些例子作為國中基測預試題目「我想成為那樣的人」、「讓世界更美好的事」、「讓自己變得更好」都是十分恰當而有力的材料。

引用名言佳句 讓氣勢更壯闊

歷經時空考驗的聖賢佳言、俗語諺語往往是放諸四海皆準的原則，置於開頭第一句話就是最有力的背書，作為中段則可支撐論點，強化文章的氣勢，乃至結筆都能因哲人之言推展。如以「萬丈高樓平地起，英雄不怕出身低」來說明努力與成功的關係；以胡適的名言「要怎麼收穫，先那麼栽」說明先苦後甘的道理，「做學問要在不疑處有疑」則明晰又精確地點出為學之道。以下是藉以他人言所展開的論述：

聖艾修伯里《小王子》：「眼淚的世界，是個充滿神祕的地方。」每個人都有自己的故事，每個人都有自己的眼淚。淚水是一個接收器，接收了所有故事的傷痛，再輕輕的倒掉。

（陳怡如）

蘇格拉底說：「當你想發脾氣的時候，記住關閉你的嘴巴，免得增加你的怒氣。」脾氣暴躁的人多半推託暴躁全是因為天生的習性，事實上容易發脾氣，表示缺乏自省的行為，而懂得反省是停止憤怒的開始。

（林芝宇）

國中基測題及預試題中，「影響我最深的一句話」、「在玩樂中學習」、「閱讀的滋味」、「那個支持我的人」、「當我和別人意見不同的時候」、「我在成長中逐漸明白的一件事」等都可借引言為材料導入文章中心，或作為首段的破題之用，不但強而有說服力，也讓文章的綱要清楚深刻。

奇異材料庫

引用流行創意 讓筆觸有深度

青少年對流行的關切多集中於影視消息，若能懂得從中吸取想法也能使筆下文章有深度，如：

獨立樂團929的主唱吳志寧，用歌聲大聲唱出他所關心的每一件事。他表示，每一首歌都代表著一個故事、一個問題、一些美好的事物，或是生活周遭發生的事情。他的作品裡常會碰觸到當時的社會議題，如〈下游的老人〉寫八掌溪事件、〈貢寮你好嗎〉寫當地居民反核四的歷史。

對他而言這些議題是他生活的一部分，他的「關心是來自於習慣，一直都是生活的一部分」。以國光石化為例，他認為：「遇到石化跟溼地的兩極，是要繼續開發重工業，或是選擇有機的觀光的，這兩個是完全不同的價值，你自然會去選你覺得比較好的。對周遭社會、生活環境的感受，都會回歸到你做的選擇。」

這段敘述便可用於「我最喜歡的歌」、「我聽我看我想」、「人因夢想而偉大」、「無所不在的學習」、「我有一個夢」、「傾聽」、「關心」、「選擇」、「以不同的角度看世界」、「我看追星族」之類的題目中藉以詮釋歌曲背後寄託的深意，或作為懷抱理想創造自我生命價值的舉證，都能厚實文章的說服力。

引用個人經歷讓故事有韻趣

徐志摩以在康橋的種種經歷寫下〈我所知道的康橋〉、〈再別康橋〉、〈再會吧，康橋〉等詩文，可見同一個材料因為情感思想不同，而衍生出不同韻趣的文章。

以陳敬佳所書寫，「童年時最喜歡吃香菸糖，不但為那沁涼的薄荷口味深深著迷，更因為可以裝模作樣將糖夾在食指與中指間，學大人吞雲吐霧。每吮吸一口菸糖，就長長吐出一口氣，將滲入心脾的暢快，沿著喉間稚嫩的甬道，播下一苗苗青綠的爽意。」這段吃糖的經驗，作為「那一刻，真美」的描寫童年之懷想、「夏天最棒的享受」中敘說享受的滋味，或是「我最快樂的事」、「最寧靜的片刻」、「我對○○的記憶」這類題目裡的一個段落，都可以成為畫龍點睛的畫面，當然也可以是渲染「一張舊照片」的背景。由此可見材料無所不在，同一種情境，端賴個人巧妙運用拼貼，讓它發揮裝點主題的功效。

視角的多寶格
一個題目的多種寫法

觀點與想法 決定題目的視野

杜牧的〈泊秦淮〉：「煙籠寒水月籠沙，夜泊秦淮近酒家。商女不知亡國恨，隔江猶唱後庭花。」由眼前美景歸結到對時局的深沉感慨。多年後朱自清與俞平伯同遊秦淮河，以「槳聲燈裡的秦淮河」為題，同寫身處華燈映水、畫舫凌波的心情，分別展現熱切依戀與冷靜理智兩種風格，成為文學史上一段佳話。

有道是「文如其人」，同一個題目，因為個人才情、觀點、情感、經驗、個性不同，而形成筆下空靈朦朧，豐富多采；或樸素簡練，細膩柔婉；從容舒徐，理趣盎然等各具姿態的風貌。此外，因為每個人所選的文體、形式、表現手法，特別是觀點、想法不一樣，也會造成不同的內容形式。

以下將就題目的性質，探討如何決定書寫的體式，如何操作材料。

文字工作坊

第一寶　三枝筆——記敘、抒情、論說

「水」、「路」、「窗」、「牆」、「橋」、「天空」、「快樂」、「幸福」、「禮物」、「時間」之類的題目，屬於寬題，記敘、抒情、論說均可。可視自己的個性、取材的向度，決定採用呈現畫面為主的記敘文、藉此寄託情感的抒情文，或是從實到虛，層層推演的論說文。例如下面兩段文字，以「牆」字為題，因採用不同的文體而形成取材、描述上的不同方向：

例一　見證歷史的牆——記敘、抒情

以記敘為主抒情為輔的結構而言，牆的畫面，是抒情的憑藉，因此必須描繪牆的材質、顏色、狀態，接著以牆的歷史記憶，渲染出其銘刻的意義與情感的重量：

唯一能看見的，是一道無邊無際的牆。他們面對我身前這堵牆，灰白、蒼老、斑駁。顫抖的雙手輕觸粗糙的石面，口中喃喃頌出一串串禱詞。一縷又一縷的虔誠飄入位於耶路撒冷的哭牆裡，是猶太人吧！他們將遭受驅趕、屠殺的悲憤心酸化成一道道淚痕，融進這面由白色大理石堆砌而起的牆。這面牆代表血色漆成的仇恨？潔白無瑕的神聖？抑或是民族間對立，無盡的憤怒，哀傷的黑暗？

時間拉近，我周遭充斥槍聲及喊叫聲，警棍、木棒在我身旁揮舞著，軍隊不斷往中心推進、坦克車裝甲車緩緩駛入，人群尖叫、哭喊，軍隊仍無情掃射。我看到了一道牆，太深，太廣讓人無處可逃。這是軍隊坦克的鎮壓堆疊出來的，是腥紅色的血及沒有人性的子彈槍砲交錯而成的，更是由整個社會制度不民主不自由不和平所建造起的一道牆。那些身穿軍服的人是牆，沒有人能活著走出包圍網之外；那些坦克是牆，壓倒輾斃想逃出去的學生群眾；那一道鎮壓命令的牆，阻隔、拘禁民主自由。此時此刻的天安門前，我看不到牆的邊界，也無法穿越。

（景美女中．王怡婕）

例二　開創人生的門——闡釋、分析

門，是空間的出入口，也可以是從此岸到彼岸的開口象徵。

選擇以說明闡釋的方式書寫這題目時，記敘抒情的成分遂被論說取代，文字也轉而精確明實，因為整篇文章的敘述，都是為了凸顯觀點，剖析道理：

門可以是有形的出入口，也可以是無形的過程，乃至是一次次的超越。

門的另一邊也許是荊棘遍布，困難重重，但唯有穿越障礙，才可能在柳暗之後見花明。對我而言，無論門的背後是怎麼樣的考驗，我都願意嘗試，儘管會被荊棘割傷，但每跨越一道門就象徵一次超越，一次成長；或許會受誘惑而犯錯，但超越門背後的自己，總比躲在門前求苟安活得更豐碩。

馬基維利說：「人的命運一半交由上帝，另一半是自己掌握。」因此，我掌握每扇門開啟新境的機會，揮出人生最美的全壘打。

門，可以是一個起點，一個界限，也可以是一個終點；門，可以是一次跨越，是一次升華，或是一次騰飛，端視於你是否能以勇氣打開門，用智慧走出門後的每一吋土地，以毅力開出一條路。

（景美女中．王薇甄）

第二寶 兩副眼鏡——主觀、客觀

「車站」、「街景」、「逆境」、「轉彎」、「回家」、「忍讓」、「衝突時刻」之類題目，有限定的範圍必須就此聚焦，在寫作時可依個人經驗描繪場景、事件、心情、體悟。如果整篇文章偏於記敘歷程與心情轉折，則必須以景烘托情境，才能使內容深邃，情感動人。若是選擇舉他人事例為主，名言輔助說明，則必須觀諸現象、推演事理，文章自然偏向客觀冷靜。

以「轉彎」為例，在聯合盃作文大賽中，前三名作品，內容分別偏向抒情、說理、記敘，因此展現迥異的風格與語言表現，在情境上也各自綻放異彩：

例一　相聚到死別　轉彎——天上人間

南無阿彌陀佛……

不斷重複的歌曲自顧自地播放，傳達一種超脫的觀念，但此刻的我聽不見。悲傷很深，在我孤獨的心裡泛成大海。載送著我和家人，以及奶奶的遺體，這台醫院派來的車子直線前進，到前方的路口轉彎，隱沒在一條滿是落葉的巷子裡，無影無蹤。

例二　洶湧到平靜　轉彎——希望無限

在那顛險曲折處，在徬徨岔路間，足尖改變一個小小方位，頓時海闊天空，希望無限。

人類是個執拗的孩子，但換個角度，轉個彎，波光瀲灩的平沉不比洶湧山泉差。

轉彎，在吉光片羽間，在陰錯陽差中，也許，景色不如預期，但視野卻是前所未見。冥冥中彷彿一個隱形箭頭，指著無可預告的未來。

成功的康莊大道上，施工標示隨處可見。這時，請轉彎，捷徑同樣美麗。不是畏縮，也非逃避，只是需要一個更清瑩的視野。

例三　市街到小路　轉彎——柳暗花明

徐行於熙來攘往的市街，人聲嘈雜隨黑煙撲撲拍著我頰邊。載著砂石的卡車呼嘯而過，徒留一片霧濛蓋住我雙眸，覆住我蹦跳的心。駐足於十字路口，或許是穿梭於車陣的蝴蝶，或許是腳邊菸蒂旁堅韌的野草，倏地，我步入分岔的小路，毫不猶豫。此時，風兒吹來的不是人潮味，是青草的鮮味；眼前不是都市塵囂，是如大明湖中，令人動容的景致。

轉彎，如此簡單，開啟的可是一番不同的風味。然而，若心仍拘泥於過去的桎梏，又何能體會「柳暗花明又一村」的欣然？

第三寶　一把剪刀——直裁、橫切

「如果可以的話」、「最快樂的小事」、「夏天最享受的事」、「我最喜歡聽的一個故事」、「那一刻，真美」、「書寫台北」等題目，不是明白指出以「我」為敘述點，便是隱含「我」。寫作上勢必以我的想法、我的見聞為中心，因此筆下內容決定於個人所取的材料方向。

在格局方面，可在細節描寫中，用色彩勾勒、用物件凸顯場景，形塑濃烈的情感密度，更上乘的是，插入哲理分析，讓情與思有機地交融，熱與冷裡應外合。

以「書寫台北」為例，可以古蹟為素材，往歷史與今日之變發展脈絡。如果以台北的現代化為觀察點，則可將台北化為國際商品、訊息、文化的舞台展開描述。若是以個人生活為焦點，則從上學路途、參加活動、出入的公共場合、交錯的人事到時空氛圍與心境，都將因取材不同而呈現不同的調性：

例一　用街景，速寫台北繁榮

一篚篚透亮著山間氤氳的葉尖，在簷廊下，風朝雨夕的大稻埕，四溢茶香，錢財不斷滾進這小小的缽裡。

一道道時光的轉折，一陣陣權力的波瀾，是戰爭的終點，竟也是漂泊的起點。離亂後安身立命的艱難，浩蕩時代的重要象徵，在〈荒城之月〉的日文歌謠裡憑弔亞細亞孤兒的身世。

開墾的腳步把經濟重心往北移步，台北，因之繁榮。

商帆行旅從淡水河坐著片片艋舺，撐起貿易一片天，樟州木、泉州石、分香立廟，市集走販、遠航洋船讓茶比黃金重，樟腦價似股票漲。江山樓、波麗路餐廳，夜夜笙歌，觥籌交錯，販賣欲望與夢想。從台北邁向歐亞非美帝國的經濟版圖，連馬可波羅都來不及筆錄。

但李梅樹巧奪天工地在山氣繚繞的梁柱上，刻出一條條浮龍；黃土水從鄉間把水牛牽到台北，在圓山牆上與劍潭捷運遙望。李石樵、楊三郎的東方遇見西方預告世界是平的，音樂家江文也譜出動人心弦的旋律，把台北推向世界舞台。

（景美女中．何依珊）

例二　天橋上，俯看台北雨夜

台北的雨夜，特別擁擠。為了走捷徑，我衝進一旁的高級住宅區，一幢幢高聳華麗的大廈掠過身旁，大廳裡豪華的水晶吊燈，反射令人睜不開眼的光芒。橘色路燈光泯滅，我差點撞上一對撐著傘走過來的男女，他們看著我正在滴水的髮尾和貼在身上的毛衣，那冷然的眼神告訴我不屬於這個地方。

「甲天下」的一○一此時，是崇高的荒涼。

埋入人群夜行的我是身著黑色緊身衣的忍者，是被廢了武功的隱者，介乎虛實之間，有無之際。

大雨起兮，我迷失了方向，雨水冰冷著無知覺的面容。我開始恐慌，夜愈來愈深，人潮卻愈來愈洶湧。漫無目的地跑上天橋，但踏上最後一級階梯就開始後悔，呼嘯而過的車輛震得天橋戰慄，震上我抽筋的臉頰。想起了某個城市傳說，描述一群被稱為「俯望者」的無臉孔黑衣人，他們總是出其不意地出現在大城市的天橋上，默默地低著頭凝望著橋下來回的車輛。

俯望者們凝望些什麼呢？跟我一樣嗎？也迷失了嗎？迷失在這一片熟悉的陌生燈海之中而歎息嗎？

（景美女中・孔思雯）

吳明益以《天橋上的魔術師》記憶消失的中華商場，誠如他在〈雨豆樹下的魔術師〉中所言：「故事並不全然是記憶，記憶比較像是易碎品或某種該被依戀的東西，但故事不是。故事是黏土，是從記憶不在的地方長出來的，故事聽完一個就該換下一個，而且故事會決定說故事的人該怎麼說它們。記憶只要注意貯存的形式就行了，它們不需要被說出來。只有記憶聯合了失憶的部分，變身為故事才值得一說。」空間，也因為每個人的感覺、觸碰、經歷而渲染出各自的風華。

材料的千層派
一個主題的多樣面貌

細節是文章的調味料

生活中的細碎瑣事，可以是吉光片羽；情感中的悲苦欣喜，能夠化為動人詩歌；人世間的關係事相，編織出發人深省的哲理警言。

寫作的主題就像圓心點，隨著個人經驗與詮釋伸展出不同半徑尺度，而形成迥異的廣度與版圖；同時隨著基礎的實寫、提升的烘托、精鍊的虛筆、凸顯的論說種種層次的渲染挑抹、集中放大而篩落出千百樣的文章。

以下將以「童年」這個主題為例，呈現因為材料、情感、切入點相異，而折射出多采多姿的風貌。

文字工作坊

寫作練習——童年

池塘邊的榕樹上，知了在聲聲叫著夏天
操場邊的鞦韆上，只有蝴蝶停在上面
黑板上老師的粉筆
還在拚命嘰嘰喳喳寫個不停
等待著下課，等待著放學，等待遊戲的童年
福利社裡什麼都有，就是口袋裡沒有半毛錢
諸葛四郎和魔鬼黨，到底誰搶到那支寶劍？
隔壁班的那個男孩
怎麼還沒經過我的窗前
嘴裡的零食，手裡的漫畫，心裡初戀的童年
……
盼望著假期，盼望著明天，盼望長大的童年
一天又一天，一年又一年，盼望長大的童年

這是羅大佑作詞譜曲的〈童年〉，以輕快的旋律唱出每個人共有的經驗，無論是教室外的蟬唱蝶飛，教室裡焦躁，急著長大的微妙感覺，或是那按捺不住蠢蠢欲動的春情，都讓時光在童年的懷想間迴旋翻轉。

但也正因為童年是記憶裡最晶瑩剔透的寶石，如何讓這些光澤可以透過文字閃爍？讓不經意的瑣事變得新穎有趣味？

從以下名家或習作中，可歸納出幾個方向。

奇異材料庫

第一層 童年的滋味——香香甜甜

童年和家鄉是文學作品中重要的主題。國中課本選文中如古蒙仁〈吃冰的滋味〉透過飲食回想童年，拮据的環境下把冰棒含在嘴裡，舔上半天，或是乾瞪眼的垂涎，以及四果冰、粉圓冰、仙草冰、愛玉冰、米苔目飛濺雪花的沁涼暢快，都讓那貧乏的年代充滿滋味。

這類運用飲食色香味道的描繪，銘刻記憶溫度的作品，往往透過氣味、光澤、溫度營造感情的厚度：

手握住一片海苔就像擁有整個海洋，神祕烏黑的表皮下，藏著一縷飄著海風清淡的香。隨著舌頭不安分地潛入，浪漫的水晶綠，蕩出婀娜多姿的線條，純潔而柔軟。

記憶中的海苔，是那樣綿密……。小時候，爺爺常會給我片片海苔，帶著嫩綠的鹹味，讓大手牽小手的回家路上充滿水藍童話想像。

長大後，每當回爺爺家，他總會準備一疊海苔給我吃。我知道，我還是他心中那個懵懂無知、天真無邪的小女孩……。

（景美女中・王星茹）

第二層 童年的趣事——天眞逗人

玩具是兒童的天使，童年令人玩味的遊戲活動裡不僅有芭比娃娃、關刀寶劍，更多的是就地取材，用來當爐灶的石頭、可以抹紅指甲的鳳仙花、頂著遮風避雨的姑婆芋，當然也少不了果園裡摘瓜、溪裡摸泥鰍、追著鴨子呱呱叫，這些童年的舉止是一聲聲短促音節，閃動鈴響，總在夢裡隨風而震。

黃春明〈屋頂上的番茄樹〉敘述老家屋後的河上流過一隻死雞，幾個孩子爭著撿雞的場景，語言鮮活傳神，情節乍現轉折使得逸趣橫生：

> 我趕緊跑到洪歪的橋上時，洪歪家的柳哥也跑上橋，也想撿那一隻死雞。死雞有一點刁難似的，慢慢的流過來，我們三個差不多大的小孩子，並排跪擠在洪歪的小木橋上，探出身伸出一雙手，在水面上不安的輕晃著。這時河邊磨番薯粉的婦女，都停手望著我們三個小孩子。死雞愈流近我們，我們的心裡愈緊張。尤其是我，緊張得快崩掉。因為三隻手伸出去，我的手還差兩邊的阿木和柳哥他們一截。當死雞流到我們面前，快落入我們的手的剎那，我縱身一躍，撲通地跳到河裡，一手抓住死雞。稍一定神，我聽到河邊大人的嘩笑聲。橋上的阿木和柳哥不平的罵我土匪。

第三層 童年的人事——溫潤有情

琦君〈下雨天，真好〉藉由人事重現坐在阿榮伯懷裡，等著吃炒豆子、聽端著宜興茶壺，坐在廊下賞雨的父親呼喚院子裡各色花兒的名字。林海音〈爸爸的花兒落了〉裡，因為爸爸過世而在倉促間被迫結束的童年、阿盛〈廁所的故事〉裡詼諧逗趣的筆調，寫童年村人如何接受事物的變化，以俚俗題材形塑樸素民風觀照社會變遷……這些人事交織成的童年光影溫潤有情。

親情、家人永遠是最迷人而眷戀的材料，也是回溯童年時最不可或缺的元素。在描述上可運用感官鋪陳氛圍，營造出電影般的場景，使得人事萬象不至於枯燥單調或瑣碎冗長。如以下撫拾過往與當下，目送間遙遠而深長的心情：

我記得小學時的下午，在陽光承載起的一個夏天，在午後，藍澄澄的天空鑲著朵朵蓬鬆鬆的白雲，隨著陣陣泛著陽光溫馨的風搖擺，外公牽著我搭捷運去上課。他足足比我高了三個頭，我握著他的手，好擔心。

他笑笑的牽著我，買票、上車、過馬路，又笑笑的目送我離開，我卻好希望他別再送我了，我怕他找不到回家的路。十歲的我和八十二歲的他，我不要他再送我，讓我送他回家吧。分別後，我不放心的頻頻回頭，在人海中尋找他瘦削的身影，捷運站不是迷宮，但是外公會忘記他的世界在哪裡。

（景美女中・葉維佳）

第四層 童年的孤苦——五味雜陳

童年固然是美好的，但畢竟世間之事不盡美麗，家庭的紛爭、經濟的窘困、環境的突變都讓小小年紀飽嘗滄桑的餘韻，或成為激勵的力量，或在心上畫下深深的傷痕。

蕭蕭〈憨孫吔好去睏〉文中那北風呼呼如黑馬狂奔呼嘯，幸運的擁有祖母的疼愛照亮了寂寞恐懼，使他在窮苦之中懷抱著目標努力。侯孝賢電影《童年往事》細數一家人自大陸遷台後的童年記憶，其中雖有玩紙牌、打陀螺，與偷摘路邊芭樂的頑皮趣事，但更多的是從廣播中聽著米格機被擊落的時代背景，經歷父、母及祖母分別過世所形成的憂鬱沉寂，這讓往事在回首時沾染深沉的落寞。

俄國小說家高爾基《童年》一書敘寫寄居在

充滿仇恨的外祖父家，痛苦艱難的童年。另一位俄國短篇小說家契訶夫所著〈萬卡〉，則敘述九歲的男孩萬卡．茹科夫被送到靴匠阿里亞興的鋪子做學徒。在聖誕節的前夜，他趁大家都睡時寫信給唯一的親人爺爺，字字句句透露生活中遭受的委屈與折磨：

昨天我挨了一頓打。

老闆揪著我的頭髮，把我拉到院子裡，拿師傅幹活用的皮條狠狠地抽我，怪我搖他們搖籃裡的小娃娃，一不小心睡著了。上個星期老闆娘叫我收拾一條青魚，我從尾巴上動手收拾，她就撈起那條青魚，把魚頭直截到我臉上來。師傅們總是耍笑我，打發我到小酒店裡去打酒，慫恿我偷老闆的黃瓜，老闆隨手撈到什麼就用什麼打我。吃食是什麼也沒有。早晨吃麵包，午飯喝稀粥，晚上又是麵包，至於茶啦，白菜湯啦，只有老闆和老闆娘才大喝而特喝。他們叫我睡在過道裡，他們的小娃娃一哭，我就根本不能睡覺，一股勁兒搖搖籃。親愛的爺爺，發發上帝那樣的慈悲，帶著我離開這兒，回家去，回到村子裡去吧，我再也熬不下去了。……我給你叩頭了，我會永遠為你禱告上帝，帶我離開這兒吧，不然我就要死了……

萬卡嘴角撇下來，舉起黑拳頭揉一揉眼睛，抽抽搭搭地哭了。

第五層　童年的體悟——懵懵懂懂

時間催人長大，讓童年短暫得令人措手不及，但如果直陳心思，多半流於哀傷惋惜，或者陳腔濫調，此時可運用景來說情、自然現象來呈現想法，讓文章在隔了一層的設計中，因為拉長鏡頭而顯得情韻悠長。

如簡媜〈碗公花〉裡寫童年曾是愛漂亮的小女孩子，用竹心穿成圓圈，掛在脖子上，把地瓜的莖葉摺成項鍊、手鐲。但如此熠熠發光的浪漫中因為逼近現實而苦澀，但作者並不僵硬地說理，而是透過上學途中偶然間看見被風拍醒的千萬朵牽牛花，寫那盎然的生命力，作為揮別童年的箋注：

> 我感動於牽牛花強韌的生命力，竟連被扯斷在草堆裡，還能從容地迎接陽光，把「碗公」一個接一個地打開。雖然它被拘在枯草堆中，動彈不得，但拘得了一時，豈拘得了一世？它那生命的觸鬚必定會再度伸出來，再抓住泥土，再呼吸空氣。原來，這世界對於強韌的生命力是無可奈何的。一地的牽牛花，它哪裡懼憂花朵被踐踏、藤蔓被截掉？踩得碎花，可踩不碎潛藏於大地腹部那雙蠕動的巨掌。只要巨掌動，自有花朵不停地迸出來；只要有泥有土，便天地間自由來去。

第六層
童年的想像——七彩繽紛

孩子們都知道可以在睡夢中造訪「永無島」，那裡有個永遠長不大的彼得潘。歡樂的冒險、鉤子手海盜船長、發光的小精靈，以及許許多多童話故事，讓每個孩子都有雙透明的翅膀，隨著愛麗絲變大縮小，手握著「金銀島」藏寶圖展開冒險的航行，或在夜半聽見喀擦喀嚓聲，在被窩躲虎姑婆……。

當我們還是個小孩，世界是美好的。月亮會微笑、星星會眨眼、森林裡有糖果屋，這點點滴滴的故事是夾在童年書頁裡的書籤，為那時候的自己記憶世界敲打無憂的節拍。諾貝爾獎小說家馬奎斯在〈流光似水〉中寫到：

孩子問一位詩人伯伯：「為什麼一碰開關燈就會亮？」伯伯回答：「光就像水，你一扭開龍頭，它就出來啦！」

就這樣，一天晚上，當家裡沒大人的時候，孩子們緊閉門窗，打破一盞電燈泡，裡面流出像水的金光，家裡變成了金色海洋。光就像水，明亮流動地傾注流淌，他們於是關了電源，坐上小艇，航行在屋內的小島間。

長大後，童年是望向源頭的起點，在那起程的港口，永遠如流光，在心底汩汩浮蕩……。

形式的皺褶
一個系列的多重層次

系列書寫的摺疊術

每件作品集都呈現某段時間的寫作主題，從目錄中的分類或題目，大多可尋到蛛絲馬跡，無論是以自然景觀，如花草樹木蟲魚鳥獸的系列書寫，或是人間事物，如懷人詠物談事論理，乃至飲食、旅行、海洋、歷史等分類都會形成一系列的模式。

這樣的系列形式也常出現於單篇文章，有時是數個短篇，各以一個子題形成脈絡；有時是一篇文章，以分段的形式敘述不同面向。

以下將就這兩類，略述取材及表現方式。

文字工作坊

摺疊方法一
固定圓心——向四方展開

一、胞衣布衣——五種衣服寫人生

「系列寫作」最常見的方式便是以一種主題為圓心，向四面八方取材，如羊令野〈五衣詞〉以五種衣服寫人生：胞衣寫新生、襁褓說孩提、戰袍道出征、綵衣敘老萊娛親、布衣談生命回到樸素本質的體悟。如「胞衣」敘述孕育腹中的牽繫裡有汩汩流動的生命力、母親與孩子之間無聲卻深厚的情意，以及嬰兒誕生時宣示的鳴奏：

一襲胞衣　十月不知寒
臍帶就是最初的牽掛
縛不住這宇宙陣陣心跳　隨著落地啼聲
讀出了生命之書的扉頁
每一個字都曾血水洗滌過的

二、密語十五篇——新手媽媽寫心情

除了以書籤般短小篇章連綴成篇的形式，還有蘇紹連〈溶解兩式〉，寫鹽、方糖；簡政珍〈故鄉四景〉，取景山、礦坑、斜坡上的纜車、陰陽海四個面向，寫故鄉之景與人事之情；又如簡媜《紅嬰仔》裡的密語十五篇，敘述初為人母的心情。這樣同中異相的寫作方式，讓許多片段展開一連串的人生狀態，就如網路所流傳的一張圖片，敘述道：「人生就是一個杯具接著一個杯具：奶瓶、寶特瓶、高腳杯、泡茶的瓷杯、吊點滴的針筒。」

三、鎖與鑰匙——開啟古今祕密

「系列書寫」通常以具體可見可感的物質

來表現，如紙墨筆硯、布線衣衫、椅凳桌、杯碟筷、瓶罐盒、被枕墊褥席榻、針藥湯劑、篦簪與鏡等，將使用上有連帶性的東西組成如攤開摺扇般系列式的畫幅。以下範文就「鎖與鑰匙」，追本溯源，舉中外之例，演繹它們之所以被設計裝飾與改進的脈絡：

今日的鎖具，其實是由中國古代的「繩結」漸漸發展而來的，藉著牢靠的繩結，將物品繫緊、固定，並搭配設計精巧的獸牙「觿」來解開。木鎖大概可稱為中國早期較為具體的鎖具，通常是透過門上的小孔，將竹竿狀的零件穿入，以作為木栓，春秋時代因此稱鑰匙為「管」或「籥」。鎖具真正開始複雜化，是從青銅器時代開始，不但在銅鎖內裝置片狀彈簧，更設計精密機關。東漢末年，大量使用金屬鎖，並運用華麗繁複的雕刻技巧，做成豹、虎、蝴蝶、麒麟等各式吉祥神獸，不僅呈現濃厚的藝術色彩，多樣的美感設計更賦予鎖與鑰匙新的生命，新的意義。

達官貴人會在鎖體上刻滿圖騰與花紋，甚至是以不同材質，凸顯其富貴及權力。在當時亦以出門是否攜帶鑰匙，作為評斷女子是否出嫁之方式！

由古埃及金字塔上的圖畫可見鎖的樣貌都是開栓式，最初被安裝於神殿或糧倉。進入羅馬時代，人們發明以彈簧在門栓上鎖的方法，頗合乎現代鎖的原理。最後經由美國鎖匠艾爾改良，逐漸演變為現今市面上常見的呈扁平狀的圓筒鎖。

鎖與鑰匙超脫了物品的價值、功用，在人類對於安全的需求上，萌芽、發展。隨著都市化所形成的疏離，它們緊密地滲透進每個人的生活，讓人們想在飄忽不定的生命與時空流動間，抓住一絲一毫的安全感，抑或是微不足道的安心。

然而，面對今日各式高科技晶片鎖、指紋、

智能監控系統，我懷疑，人們是想藉由鎖與鑰匙封藏「祕密」？還是隔離「真相」？鎖，守得住最寶貝的人事與物嗎？

（景美女中・甘媺）

摺疊方法二
大中有小——俄羅斯娃娃

像俄羅斯娃娃一樣，由大到小、由整體到零件，「系列寫作」往往也運用這種摺扇般一段套出另一段的形式。

一、劉克襄〈台灣古橋〉——文史並茂

就一篇文章而言，透過段落呈現系列式材料，需有豐富的內容，如劉克襄〈台灣古橋〉以「在古道和舊路的探查裡，最充滿歷史情境的，莫過於古橋的遭遇了」為整篇文章的起點，描述踏查中發現的台灣古橋：原始味濃烈的石板橋、造型美麗，引人遐思的紅橋、古樸而莊嚴的糯米橋、夾雜著現代氣息，水泥肉身的洗石子橋等四大類別。

這類寫作強調取材廣度，因此在個人經驗或情感之外，同時要兼顧資料與研究。以下這段描述可見作者針對紅橋，介紹外形、地點、歷史、出產地、使用方法以及形成的背景原因，像串珠一般，使文章的知識性與文學性並陳：

> 所謂紅橋其實就是以紅磚為主搭蓋的橋。在台南古都的西定坊，據說還有荷蘭時期之磚仔橋。我所接觸的紅橋，大抵建立的時間多在清末至日治時期間。蓋橋的紅磚主要都是由平地和丘陵的目仔窯燒製出來的。要用長方形的紅磚逐一堆砌成一座橋，最好的方式便是以拱橋的形式出現，磚和磚的間隙敷以紅糖、灰石等物質，藉

以牢固地縫合。

台灣中南部的大溪遼闊不斷，交通往返多以筏渡為主。除了少數的大城如台南、鳳山尚有紅橋或其他石子蓋成的小橋外，早年的紅橋多半集中在北部的丘陵和平原，靠近重要城鎮的小溪流，諸如大溪、三峽等。這些紅橋多半以一、二座拱門，精巧地完成容牛車寬度之橋身。

二、周芬伶〈瓶之腹語〉——層層描寫

周芬伶〈瓶之腹語〉，歷數史前廟底溝型的汲水瓶、靜中有動，動中有靜，各樣人物圖像裝飾的希臘古瓶、日本明治時代燒上典雅詩句的陶器、平埔族奉祀阿立祖的壺、「青如天，明如鏡，薄如紙，聲如磬」的柴窯、藍中泛灰的釉色，隱約可見霞光的宋汝窯、《紅樓夢》中賈寶玉用的元影青瓷聯珠瓶、川端康成《千羽鶴》裡只黑色織部瓷碗。

這彷彿博物誌般層層介紹與形容的方式最適合於描寫物，特別是說明性、報導式的敘述。有別於前者的是在這小中見大的寫法中，宜加入個人情感與想法，文字敘述上需要更細膩而具特色的描繪，才能在層次中顯出深淺、厚重、清濁等變化。如張愛玲〈第一爐香〉以各色音樂形容布料：

> 毛織品，毛茸茸的像富於挑撥性的爵士舞；厚沉沉的絲絨，像憂鬱的古典化的歌劇主題曲；柔滑的軟緞，像「藍色多惱河」，涼陰陰地匝著人，流遍了全身……

蔣勳〈甕〉中也以音樂凸顯瓷器、土甕之異：

> 瓷器追求著玉的貴重與精緻，而陶甕卻守著

它「土器」的本分。土甕像歌詠隊中的低音部，持續著沉穩厚實如大地的聲音，宋瓷則是借著這沉穩厚實往上翻騰激越的高音，它要脫盡土氣，享有玉的尊榮。

三、帽子風情──情景交織

另如這篇書寫帽子的風景，歸於對生活的體悟，既呈現展示的美感也見內心的思維，得到台北青少年文學獎散文佳作：

我是個戀物的人，特別是帽子。也許跟孩提時期有關吧，電視中五花八門的節目印刻在腦中，像熱鐵烙過般清晰。西洋童話故事裡金髮碧眼的公主總戴著小巧玲瓏的皇冠，古裝劇中新娘螓首蛾眉，蕩漾紅燭映著鳳冠霞帔，格格公主頂著雍容華貴的旗帽，在空中晃出彩弧的流蘇；大力水手卜派的海軍帽，米老鼠的小圓禮帽；羽扇綸巾，遙想當年周公謹卓然立於千萬大軍前，巾帶隨髮飄揚，運籌帷幄的風采；武則天帝帽前垂掛如稻穗般串串澄燦燦的珠。

帽隨著時序遞嬗，如時間的報信者。

春，是慕夏畫中的女神，優雅迷人，清新淡雅，斜斜倚在鬢上的花繞成了一頂帽冠，如午後一道微風，拂過頰，鑲著清清淡淡的花香，襲入鼻腔，慵懶得薰風欲睡。頑皮的夏偷偷攀上藺草編成的寬大帽緣，向日葵熱烈地綻放在帽上，環繞著迸發的生命力。隨意繫上的嫩草綠絲帶，引來草原上的風，帽下隱約露出的頸子，晶瑩透白，如貝殼般純淨無瑕。秋，是帶著淡淡傷感的斑鳩棕貝雷帽，那是一頂盛著藝術家的無可救藥的浪漫的帽。粗糙的呢絨摩在手心帶出縷縷暖意，西風捲著老畫家咯出的最後一口血，飛揚。隆冬是最雍容的，毛皮裡墊著厚暖的棉絮子，像姥姥熬的臘八粥，暖和得教人耳朵紅得幸福。

帽就如乘載回憶的舟，裝著它到來的故事。

爺爺有頂軍帽。他是隨國民政府遷台的老兵，對他我是有些懼意的，比起奶奶的嗆辣爽直爺爺是沉默寡言的，在眉下的那雙眼，總悠遠的望著沒有焦距的一點，似乎對生活中的事物已經提不起興致的麻木。爺爺奶奶的婚姻是建立在媒妁之言上，而爺爺在原鄉有著已論及婚嫁的愛人，他被困在這海島，新婚和妻子溝通了幾次後他不再說話了，因為他知道她不懂他一口濃稠的外省腔調，所以他沉默了。他對妻子不是沒感情的，但那是歉疚混著心虛，因為他知道自己並不愛她，所以卑微的把自己縮到最小，給妻子最大限度的自由，只是望著帽子發愣。那頂母親親手車邊塞棉的軍帽，是讓他渡過黑水溝，卻不復返的船。

在現代窺探的社會中，帽是種不可或缺的存在吧。戴著帽掩著腦門，就彷彿在世間隔離出了一方天地，遮去了窺視的目光，單單純純的只有自己，落雨晴陽都不再有關係了，從帽簷下望去，在熾熱的豔陽也只會化成絲絲金線織過，和煦親人，雨絲不會再凍溼了臉，你大可盡情欣賞細雨飄搖的薄霧。或在帽子襯托下你擁有不同的臉型，或以紗帽掩臉，擁有不輕易被認出的自在灑脫。在帽下，是絕對的自由。

（景美女中．張家綺）

多方收集資料 讓內容有廣度

「系列書寫」可展現內容的廣度，在層次上可依個人經歷或材料特質來做更動。大致而言，當文章不長時，藉精緻的短篇拼貼成文，也可呈現如屏風般的氣勢。其間除個人情感觀點外，由於要顯現出內容的廣度，勢必要多方收集資料，如史地、天文、人文風俗，並深入說因道果。結構上多半先記敘後論說，先寫景再敘事，或以簡單規則的並列櫥窗式鋪陳，再於首段或末段整合，以凸顯主要意念。

附錄

發表紀錄

本書所錄篇章皆發表於《聯合報》好讀周報

篇名	發表日期
非常好色：讓文彩斑斕的五顏六色	二〇一一年四月三日
繪聲繪韻：點活世界的瑰麗頻率	二〇一一年四月十日
嘗鮮味趣：流轉於脣間舌上的饗宴	二〇一一年四月十七日
觸探氣息：看不見卻無所不在的官能	二〇一一年四月二十四日
瞄準靶的：精準的審題	二〇一一年六月六日
亮眼鏡頭：立意貴新，取材求深	二〇一一年六月十三日
鋼骨梁架：分明的組織結構	二〇一一年六月二十日
生花妙筆：畫龍點睛的造句遣詞	二〇一一年六月二十七日
玩字：單字的拆解法	二〇一一年八月一日
玩詞：分解式拆字法	二〇一一年八月八日
玩序：分類式並列法	二〇一一年八月十五日
玩意：放射式聯想法	二〇一一年八月二十二日

玩喻：比方式故事法	二〇一一年八月二十九日
蓋房子：從一個命題開始	二〇一一年十月三日
連連看：從一個點到一個面	二〇一一年十月十日
八面玲瓏：從多角度觀想	二〇一一年十月十七日
小中見大：從觀察到解讀	二〇一一年十月二十四日
開枝展葉：從抽象到具體	二〇一一年十月三十一日
讀報取材：從報導中提問	二〇一一年十二月五日
讀言闡發：說明解讀的詮釋	二〇一一年十二月十二日
讀書探問：不疑處有疑的思考	二〇一一年十二月十九日
讀史析理：建立觀點的論述	二〇一一年十二月二十六日
文字的３Ｄ魔法：一個句子的多方琢磨	二〇一二年四月二日
形象的易容術：一個材料的多番運用	二〇一二年四月九日
視角的多寶格：一個題目的多種寫法	二〇一二年四月十六日
材料的千層派：一個主題的多樣面貌	二〇一二年四月二十三日
形式的皺褶裙：一個系列的多重層次	二〇一二年四月三十日

中文好行 2

寫作力

只要讀懂題目，國文作文就能成功得分，
陳嘉英老師的 SUPER 好用寫作法（新版）

編　　著　陳嘉英
責任編輯　賴雯琪（第一版）陳淑怡（第二版）

版　　權　吳玲緯
行　　銷　何維民　吳宇軒　陳欣岑　林欣平
業　　務　李再星　陳紫晴　陳美燕　葉晉源
副總編輯　林秀梅
編輯總監　劉麗真
總 經 理　陳逸瑛
發 行 人　凃玉雲
出　　版　麥田出版
104 台北市民生東路二段 141 號 5 樓
電話：(886)2-2500-7696　傳真：(886)2-2500-1967
發　　行　英屬蓋曼群島商家庭傳媒股份有限公司城邦分公司
104 台北市民生東路二段 141 號 11 樓
書虫客服服務專線：(886)2-2500-7718、2500-7719
24 小時傳真服務：(886)2-2500-1990、2500-1991
服務時間：週一至週五 09:30-12:00．13:30-17:00
郵撥帳號：19863813　戶名：書虫股份有限公司
讀者服務信箱 E-mail：service@readingclub.com.tw
麥田部落格：http://ryefield.pixnet.net/blog
麥田出版 Facebook：https://www.facebook.com/RyeField.Cite/
香港發行所　城邦（香港）出版集團有限公司
香港灣仔駱克道 193 號東超商業中心 1 樓
電話：(852) 2508-6231　傳真：(852) 2578-9337
馬新發行所　城邦（馬新）出版集團【Cite(M) Sdn. Bhd.】
41-3, Jalan Radin Anum, Bandar Baru Sri Petaling,
57000 Kuala Lumpur, Malaysia.
電話：(603)9056-3833　傳真：(603)9057-6622
E-mail：cite@cite.com.my

封面設計　謝佳穎
電腦排版　宸遠彩藝有限公司
印　　刷　沐春行銷有限公司

初版一刷　2013 年 2 月
二版二刷　2023 年 1 月

定價／NT ＄350
ISBN 9786263102378
ISBN 9786263102637（EPUB）

國家圖書館出版品預行編目資料

寫作力：只要讀懂題目，國文作文就能成功得分，陳嘉英老師的SUPER好用寫作法（新版）/陳嘉英作. – 二版. -- 臺北市：麥田出版：英屬蓋曼群島商家庭傳媒股份有限公司城邦分公司發行, 2022.07
面；　公分. -- (中文好行；2)

ISBN 978-626-310-237-8(平裝)

1. 寫作法

811.1　　111006680